KB099941

헌터세계의 귀환자

FUSION FANTASTIC STORY

김재한 장편소설

헌터세계의 귀환자 9

김재한 장편소설

초판 1쇄 찍은 날 § 2019년 7월 23일
초판 1쇄 펴낸 날 § 2019년 7월 30일

지은이 § 김재한
펴낸이 § 서경석

총괄팀장 § 노종아
편집책임 § 김대용

펴낸곳 § 도서출판 청어람
등록번호 § 제387-1999-000006호
등록일자 § 1999. 5. 31
어람번호 § 제1-3034호

주소 § 경기도 부천시 부일로 483번길 40 서경B/D 3F (우) 14640
전화 § 032-656-4452 팩스 § 032-656-4453
http://www.chungeoram.com
E-mail § chungeorambook@daum.net

ISBN 979-11-04-92027-1 04810
ISBN 979-11-04-91899-5 (세트)

FUSION FANTASTIC STORY

김재한 장편소설

9

헌터세계의 귀환자

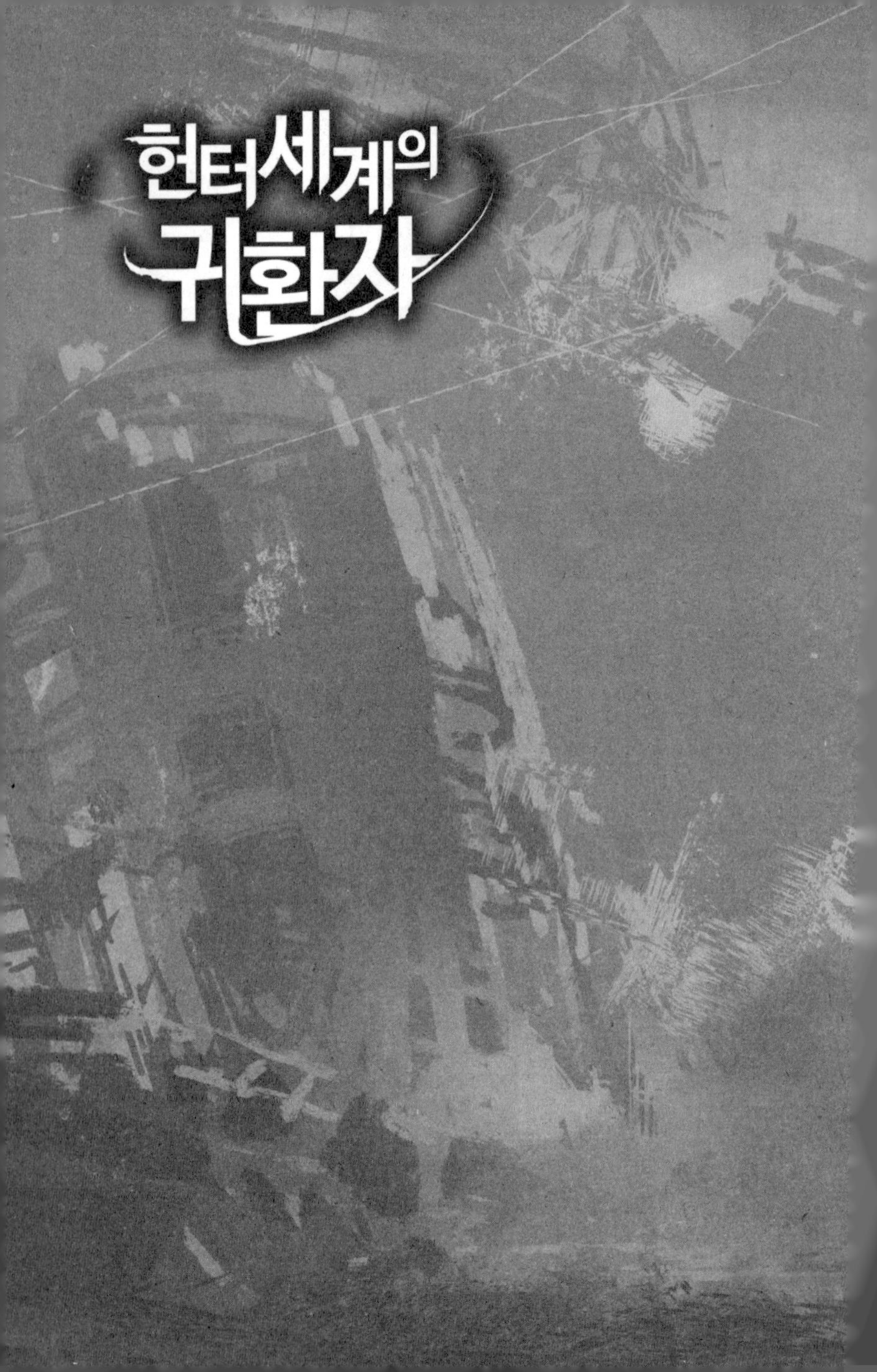
헌터세계의
귀환자

Chapter56

유언장 II

1

군단은 지구에 대공세를 가함으로써 막대한 영적 자원을 수급했다.

하지만 이번 작전을 위해 영적 자원을 극심하게 소모하였기에, 영적 자원의 수급만으로 따지면 이익을 봤다고 보기 어려웠다.

물론 이번 작전에서 영적 자원의 수급은 어디까지나 부차적인 것이다.

가장 중요한 작전 목표는 지구가 게이트 재해에 대처할 수 있는 힘을 크게 약화시키는 것.

이 목표는 확실히 달성했다고 할 수 있었다.

그러나 군단은 그 사실을 기뻐할 수가 없었다.

정확히는 그들은 그런 문제에 대해서 생각할 수 없을 정도로 크나큰 충격에 휩싸여 있었다.

*　　　*　　　*

〈라지아아아아아알!〉

뇌전의 군주 에우라스가 포효했다.

꽈르릉! 꽈아아아아앙!

천둥소리가 울려 퍼지며 뇌전이 사방팔방으로 뻗어 나갔다.

그 위력은 수백 발의 낙뢰가 떨어지는 것과도 같다. 그야말로 뇌전의 폭풍이다.

"하하하. 이거 참, 내가 에우라스 당신을 너무 낮게 평가했던 모양이야."

그러나 그 살의가 향하는 표적, 라지알은 여유로웠다.

─뇌전 포식자!

허공에 무수한 빛의 점들이 명멸하면서 뇌전을 빨아들였다.

한순간에 날뛰는 뇌전의 위력이 급감하면서, 라지알이 백금의 광채를 발하는 양손 대검을 휘둘렀다.

〈크아악!〉

에우라스가 비명을 질렀다. 라지알의 검격에서 뿜어져 나온 섬광이 그를 가르고 지나갔기 때문이다.

〈제, 제길……!〉

에우라스가 비틀거렸다.

방금 전의 일격은 제대로 먹혔다. 허공장이 갈라지고 몸통이 한번 갈라졌다가 다시 재생되었다.

그런 그에게 라지알이 한 걸음 다가갔다.

그는 완전히 전투태세를 갖추고 있었다. 왼팔에는 백은의, 오른팔에는 황금의 건틀릿을 장착했고 몸에는 화려한 백금의 갑옷을 입었다. 그리고 손에는 백금의 광채를 발하는 양손 대검이 들려 있었다.

"설마 트라드도, 데바나도 아니고 당신이 만약의 경우를 대비했을 줄이야."

대지의 트라드와 광휘의 데바나.

두 군주는 살해당했다.

〈이 배신자, 무슨 속셈이냐?〉

그들이 아군으로 믿었던 존재, 라지알에게.

군단의 이번 대공세는 살아남은 세 군주들을 처치하기 위한 라지알의 함정이었다.

특수 지휘관 개체는 세 군주가 신임하는 부하들이었다.

군주들은 라지알이 제공한 비술로 그들에게 힘을 제공했던 것이다.

이 비술은 군주조차 힘겨워할 정도로 힘의 낭비가 심하다. 대신 군주가 직접 빙의할 때와 달리, 지구에서 발목이 잡힌 채로 본체를 공격당할 염려가 없다는 장점이 있었다.

군주들은 후자의 장점을 보고 이 비술을 전수받아 사용했지만…….

〈그게 우리 힘을 빼놓고자 하는 수작이었다니……!〉

라지알은 전자의 단점을 이용하기 위해 군주들에게 이 비술을 추천하고, 전수했다.

라지알은 군주들이 특수 지휘관 개체를 장시간 유지하느라 막대한 힘을 소모한 타이밍을 노려서 기습을 가했다. 군주들은 지치기도 지쳤지만, 그 상황에서 라지알에게 기습당하리라고는 상상도 못 했기에 그 기습이 치명적일 수밖에 없었다.

처음에 기습당한 트라드는 어이없을 정도로 간단하게 살해당하고 말았다.

라지알 또한 서용우가 군주를 살해할 때 선보인 스펠, 필멸자의 세계를 보유하고 있었기 때문이다.

데바나는 상황을 인지하고 대비할 기회가 있었다. 하지만 그 역시 특수 지휘관 개체를 유지하느라 힘의 소모가 극심한 상태였다. 그에 비해 라지알은 그들을 해치우기 위해 만반의 준비를 갖추었으니 도저히 상대가 될 수 없었다.

결국 데바나도 무력하게 살해당하고, 에우라스만이 남았다.

하지만 에우라스는 호락호락하지 않았다. 만약의 경우를 대비해서 탈출로를 확보해 두었던 것이다.

"하마터면 놓치는 줄 알았지 뭐야. 하지만 그것도 여기까지야. 에우라스, 당신도 오늘 여기서 죽는다."

라지알이 자신만만하게 선언했다.

에우라스가 만약을 대비한 것에는 감탄했다.

그러나 그것조차도 라지알이 상정한 변수에 속해 있었다. 단지 트라드나 데바나가 아닌 에우라스가 그 대상이 될 것이라고는 생각지 못했을 뿐.

에우라스는 주인 없는 왕궁을 탈출하여 부하들을 불러들일 생각이었다. 그러나 그가 미리 준비한 탈출로를 통해 밖으로 나왔을 때, 그곳에는 거대한 결계가 기다리고 있었다.

라지알은 자신과 에우라스를 격리된 공간으로 이동시켰다. 과거 볼더가 지배했던, 이제는 빠르게 혼돈에 침식되고 있는 세계로.

〈설마 전군을 왕의 섬으로 집결시킨 것도 이걸 위해서였나?〉

"겸사겸사지. 실제로 그런 조치가 필요했던 건 당신도 인정하는 바가 아닌가?"

군단의 전 병력이 왕의 섬으로 집결하면서, 본래 그들이 존재했던 여러 세계는 텅 비어버렸다. 라지알이 남몰래 함정을 준비하기에는 아주 좋은 조건이었다.

〈하나부터 열까지 네 손바닥 안에서 놀아났군. 하지만…….〉

에우라스의 외견은 다른 군주들과 마찬가지로 호사스러운 군주의 의복을 입은 해골이었다. 격렬한 뇌전을 휘감은 그의 손에 열 개의 반지가 나타나 장착되었다.

"호오. 이런 것도 준비하고 있었나?"

라지알이 놀라서 눈을 크게 떴다.

에우라스의 손가락에 끼워진 열 개의 반지는 전부 아티팩트급 장비였다. 그리고 그 효과는 바로…….

"마력을 비축했다가 본신에 충전해 주는 아티팩트라니……."

특수 지휘관 개체를 유지하느라 극심하게 소모되었던 에우라스의 마력이 엄청난 기세로 회복되었다.

"정말 철두철미한 성격이었군, 당신은. 오늘 여러 번 놀라게 되는데?"

마력을 회복한 에우라스가 장비를 교체했다.

비축된 마력을 전부 에우라스에게 전한 반지들이 사라지고, 다른 반지 열 개가 그 손에 채워진다.

뿐만 아니다. 양 손목에는 두 개의 팔찌가, 목에는 하나의 브로치가, 머리에는 왕관이, 마지막으로 손에는 장검이 나타났다. 전부 다 아티팩트급 장비였다.

―저주 중화 발동!

그 효과는 가지각색이다. 마력을 증폭해 주는 것이 있는가 하면, 방어 용도로 쓰이는 것도 있었다.

라지알이 구축한 결계의 갖가지 저주 효과가 중화되기 시작했다.

〈비루한 타락체들의 우두머리 놈.〉

분명 라지알은 강하다. 초월권족 중에서도 가장 고귀한 신분의 일원이었던 그의 마력은 다른 타락체들을 월등히 능가한다.

하지만 그런 라지알조차도 마력으로는 군주에게 필적하지 못한다.

〈과연 네가 준비한 함정이 나를 잡기에 충분한 것 같으냐?〉

"확실히… 이 함정은 당신을 위해 설계되지 않았지."

군주 하나하나에게 맞춤 설계한 함정을 준비하는 것은 엄청난 자원과 노력을 필요로 한다.

그렇기에 라지알도 트라드와 데바나에 대응하는 세팅만을 준비했다. 설마 에우라스가 이토록 철저하게 만약을 대비했을 것이라고는 예상 못 했기 때문이다.

지금 에우라스를 압박하는 것은 어디까지나 트라드와 데바나에게도 공통적으로 적용되는 저주들뿐이다. 에우라스의 권능인 뇌전에 특화된 대응책은 없었다.

"하지만 결과는 변하지 않아."

〈어처구니없을 정도의 자신감이군. 하지만 왜냐? 왜 지금

이런 일을 벌인 거지?〉

에우라스는 라지알의 배신을 이해할 수가 없었다.

군단은 위기를 맞이했다. 지금은 군단의 모든 역량으로 활로를 찾아야 할 때였다.

그런데 어째서 이 타이밍에 배신을 때렸는가? 군주들을 죽여서 그가 무엇을 얻을 수 있단 말인가?

〈설마 구세록 놈들과 거래라도 한 거냐? 네 생존을 조건으로?〉

"하하하. 그건 너무 상상력이 풍부한데. 아무리 그래도 그럴 일은 없지."

라지알이 고개를 저었다.

"나도 군단에 소속감을 느끼고 있다고. 그건 당신도 잘 알잖아?"

〈…타락체의 비술이 완전하지 않다는 건 이미 증명되었지.〉

"아, 비연이는 도대체 어떻게 된 건지 모르겠어. 하지만 나는 그런 경우가 아냐. 내가 이런 일을 하는 건… 이게 군단을 살리기 위해서 필요한 일이기 때문이야."

〈뭐라고?〉

에우라스는 당혹감을 느꼈다. 이놈이 대체 무슨 소리를 하는 건지 알 수가 없었다.

"나는 오랫동안 한 가지 의문을 갖고 있었지."

천 년도 더 지난 의문이다. 그만한 세월이 지났음에도 가슴

속에 박혀서 사라지지 않는 의문이기도 했다.

"라지알은, 왜 후회했을까?"

〈무슨 소리냐? 역시 미쳐 버렸나 보군.〉

에우라스 입장에서는 생뚱맞은 헛소리로밖에 들리지 않았다.

라지알이 쓴웃음을 지었다.

"당신이 그렇게 생각하는 건 이해해. 하지만 잠깐만 인내심을 갖고 들어보라고. 내가 왜 이런 일을 했는지 알고 싶다면."

〈……〉

"역시 당신은 모두를 속이고 있었나 보군. 이렇게나 신중하고 인내 깊은 당신이."

라지알은 에우라스의 태도에 놀라고 있었다. 모두에게 폭급함의 대명사로 알려진 그의 모습이 모조리 위장된 것이었을 줄이야.

"타락체가 되기 전의 나, 라지알은 사랑하는 혈육을 희생시켰어. 그게 필요한 일이었기 때문이지."

왕위에 대한 야망을 위해서였다. 또한 군단과 오랫동안 전쟁을 벌이고 있던 자신의 세계를 구원하기 위해 필요하다 판단해서이기도 했다.

"라지알은 그 선택이 옳다고 믿었다. 마지막까지. 하지만 동시에 한 가지 감정에 사로잡혀 있었지."

그리고 타락체 라지알은 천년을 넘는 장구한 세월이 지났음에도 그 감정을 이해하지 못했다.

타락체가 되기 전의 자신은 그 선택이 옳다고 확신하고 있었다. 그럼에도 왜 그는 후회했을까. 왜 평생 잊을 수 없는 끔찍한 감정에 사로잡혔을까.

"나는 오랫동안 그 감정이 궁금했어. 그런데 이제 그 답을 얻었지."

〈무슨 말을 하고 싶은 거지?〉

"나는 이 길이 옳은 길이라고 믿어. 내가 살기 위해서, 나아가서는 우리 군단이 살기 위해서는 이 길을 갈 수밖에 없어."

그렇게 확신했기에 셋밖에 안 남은 군주들을 함정에 빠뜨려 죽인다는 극단적인 선택을 한 것이다.

"하지만 그럼에도 가슴이 아프군. 오랫동안 당신들은 내가 동격으로 대할 수 있는 몇 안 되는 존재들이었지. 함께 군단을 지탱해 온 존재들이기도 하고. 그런 당신들을 배신해서 죽였다는 사실이 내게 한 가지 감정을 가르쳐 주었어."

그 감정은 바로 죄책감이었다.

"나는 비로소 라지알을 이해할 수 있게 되었다."

감정의 크기는 다를 것이다. 초월권족 라지알이 품었던 감정이 훨씬 더 깊고, 무거웠다.

그럼에도 두 감정은 같은 감정이었다. 타락체 라지알은 처음으로 죄책감이라는 감정을 배웠고, 그로써 낯설기만 했던 과거의 자신을 이해했다.

〈들을 가치가 있는 이야기는, 언제 나오지? 슬슬 지루하군.〉

에우라스는 이야기를 들으면서도 계속 전투태세를 강화하고 있었다. 라지알이 그걸 알면서도 가만히 보고 있었기에 이야기를 들어준 것이다. 라지알의 개인사에는 아무런 관심도 없었다.

"지금까지도 들을 가치가 있었잖아? 그럼 당신의 질문에 대한 답을 해주지."

라지알이 웃었다.

"우리는 이번 대공세로 많은 걸 얻었어. 하지만 사실 그것들은 아무런 의미가 없었지."

〈어차피 우리를 죽이기 위한 함정에 불과했으니까?〉

"아니. 우리가 이번 일로 얻은 것은 전략적인 이득인데, 어차피 우리는 장기전으로 끌고 갈 수가 없으니까. 전략적 이점을 살려서 제3세계를 야금야금 갉아먹을 기회가 없단 말이야."

〈그건 그렇지. 하지만 설마 그게 네 선택을 정당화해 줄 이유란 말이냐?〉

분명 군단은 궁지에 몰려 있었다. 하지만 군주를 제거하는 게 어째서 해법이 된단 말인가? 그나마 남아 있는 파멸까지의 시간을 앞당길 뿐인데?

"이런 상황에서 군단을 살릴 방법은 한 가지뿐."

〈뭘 말하는 건지 모르겠군.〉

"왕을 탄생시키는 것이다."

〈……〉

종말의 7군주와 라지알은 모두 왕위 계승권자들이다.

언젠가 그들 중 하나가 왕이 된다. 그로써 군단은 영원한 영광을 누리게 될 것이다…….

그것이 군단의 오래된 믿음이었다.

〈다른 왕위계승권자를 말살하면, 자신이 왕이 된다. 설마 그런 말도 안 되는 생각을 한 것이냐? 네놈의 고향 세계에서나 가능한 일을?〉

하지만 군단이 바라는 '왕'은 지구 인류가 생각하는 '왕'과는 다른 존재다.

역사상 존재한 적도 없고, 존재할 수도 없는 환상.

그렇기에 '왕위계승권' 또한 역사 속에 존재했던 개념과 일치하지 않는다. 애당초 그들은 왕위에 도전할 권리를 가졌을 뿐, 서열화되어 있지도 않으니까.

"아니."

라지알은 고개를 저었다.

"답을 알려준 것은 군주살해자였다."

〈무슨 뜻이지?〉

"그는 군주들을 죽였지. 그리고 지금껏 누구도 상상하지 못했던 기적의 산물을 만들어냈다."

성좌의 무기와 군주 코어를 하나로 합친 결과물 '융합체'를.

"서로 대적하던 성좌의 힘과 군주의 힘이 하나가 되었지. 심지어 그 모든 힘이 충돌하지 않고, 하나로 융합되어 거대한 권능을 이루어내고 있었다."

하나의 개체가 두 개 이상의 성좌, 혹은 군주의 힘을 갖는다.

그것은 서용우의 등장 이전까지는 절대로 불가능하다고 여겨졌던 일이었다.

성좌의 무기를 창조한 구세록의 초월권족도, 종말의 군주들도 똑같이 믿고 있었다.

하지만 이제 그들의 믿음은 깨졌다. 서용우는 그들이 당연하다고 믿었던 모든 법칙을 깨고 이 전쟁을 끝내려고 하고 있었다.

"융합체를 얻는 자가 진정한 왕이 될 것이다. 그것만이 군단을 살리는 길이다."

〈그럴싸하게 들리는 헛소리군.〉

에우라스가 차갑게 가라앉은 목소리로 말했다.

〈하지만 이미 네놈이 일을 저지른 이상, 그 방법에 걸어보는 수밖에 없겠지. 너와 나, 이겨서 살아남는 쪽이 그 도박의 주인공이 될 것이다.〉

"내가 왜 당신이 하는 짓을 그냥 지켜보기만 했다고 생각하지?"

차갑게 웃는 라지알의 옆에 무언가가 나타났다.

두 개의 빛 덩어리였다.

하나는 눈부신 백색의 빛을, 하나는 은은한 흑색과 갈색의 빛을 띠고 있었다.

〈설마…….〉

그것을 본 에우라스의 목소리가 떨렸다.

〈이미 융합체를 만들 방법을 찾아냈단 말이냐?〉

라지알에게 살해당한 데바나와 트라드의 군주 코어였다.

"시험하고 싶었기 때문이다, 이 힘을."

한번 파괴되면서 군주의 의지가 거세된 두 개의 군주 코어가 라지알 앞에서 하나로 융합되었다. 그리고 그것을 자신의 갑옷 가슴 부분에 박아 넣은 라지알이 말했다.

"자, 시작하자. 군단의 운명을 건 싸움을."

왕좌를 갈망하는 타락체와, 군단 최후의 군주가 격돌했다.

2

퍼스트 카타스트로피 이후로도 서울은 한국 제일의 대도시였다. 일본 도쿄가 궤멸한 후로는 아시아 제일의 대도시이기도 했다.

그 대도시는 지금 혼란에 삼켜져 있었다.

행정 시스템의 심장부가 날아가 버렸고, 도시 곳곳에 대규모 폭격이라도 가해진 것처럼 막대한 파괴의 흔적이 남아 있었다. 수많은 사람이 죽었고, 사람들의 생활을 받쳐주던 인프라가 파괴되었다. 살아남은 자들은 불안과 공포에 떨고 있었다.

그런 상황에서 유현애와 이미나는 쉬지도 못하고 연이어 전투를 벌이고 있었다.

"으아아, 내 노동 인권은 대체 어디로 간 거지."

충무로에 출현한 35미터급 게이트를 처리한 유현애가 헬멧을 벗으며 투덜거렸다.

이미나가 힘없이 웃었다.

"노동 인권… 그런 걸 따질 수 있는 상황이면 좋겠다."

"세상이 망하지 않으면 꼭 따져봐요, 우리."

두 사람은 오늘만 벌써 6번째 게이트 제압 작전에 투입되었다. 현재 한반도의 방위 시스템은 반쯤 망가진 상태이기에 제대로 된 서포트도 받지 못하고, 전국 각지의 게이트를 자기 능력만으로 공략해야 했다.

물론 유현애와 이미나의 능력을 생각하면 35미터급 게이트 정도는 몬스터 학살을 위한 무대에 불과하다.

하지만 전문적인 서포트가 이뤄지느냐 아니냐의 차이는 컸다. 일일이 몬스터를 찾아서 때려잡고, 마력석을 회수하는 작업도 꽤나 심력을 갉아먹었다.

"언니."

유현애는 길바닥에 누워서, 빌딩 사이로 하늘을 올려다보며 입을 열었다.

"왜?"

"세상이 망하지 않으면 뭐 하고 싶어요?"

"글쎄."

이미나는 주변을 둘러보며 고민했다.

도심 한복판은 을씨년스러웠다. 그들을 인도하고, 보조하기 위한 최소한의 인력만이 자기 일을 하고 있을 뿐이다.

"이 상황에서 세상이 망하지 않는다는 건… 아마도 모든 게 끝난다는 뜻이겠지?"

"모든 거요?"

"군단과의 싸움도, 게이트 재해도 다 끝나 버리는 게 아닐까? 캡틴이 계속 말해왔던 것처럼."

"……."

순간 유현애는 멍한 표정을 지었다.

아주 어릴 때 퍼스트 카타스트로피를 겪은 유현애의 세계관은, 당연히 그 이후의 세상을 바탕으로 구축되어 있었다. 그녀에게 있어서 각성자도, 게이트 재해도 없는 세상은 역사의 한 페이지일 뿐.

그렇기에 유현애는 그런 세상을 상상하기 힘들었다.

"정말 그런 게 가능한 걸까……."

"옛날엔 그랬어."

이미나도 유현애보다 고작 몇 살 많을 뿐이다. 하지만 그녀는 빛바랜 사진처럼 불분명한 어린 시절의 추억으로나마 그런 시대를 기억하고 있었다.

"학교에서 공부하다가 게이트 경보가 울리는 일도 없었고, 게이트 재해 발생 대비 훈련도 안 했지."

매일매일 전국 어딘가에서는 도심 한복판에 완전 무장한 병력이 집결해서 크고 작은 전투를 벌이는 일도 없었다.

"나 어릴 적에는 군인이 신기한 존재였어."

"정말로요?"

"응. 총을 보는 것도 특별한 일이었고. 그리고 내가 본 군인은 다 남자였고, 여자 군인은 한 번도 본 적 없었지. 실제로도 드물었다고 해."

"상상이 안 가네요, 진짜로."

유현애가 아하하 웃고는 말했다.

"그런 시대가 다시 돌아올 수 있다면… 보고 싶네요."

"무섭지 않아?"

"뭐가요?"

"자기가 쓸모없어진다는 게. 그런 시대가 되면 우리 헌터는 더 이상 쓸모가 없잖아."

"괜찮아요. 쓸모없는 사람이 되어본 게 처음은 아니니까."

"……."

이미나는 말문이 막혔다.

유현애는 그랬다. 그녀는 재능과 열정을 모두 갖췄으면서도 프로게이머의 꿈을 박탈당했다. 그녀의 선택이 개입될 여지가 없는, 철저한 운명의 희롱이었다.

그 일은 유현애의 가슴 속에 지워지지 않는 상처로 남아 있었다. 남들 앞에서는 아무렇지 않은 척하지만 그녀와 친한 이미나는 안다. 때때로 유현애는 술에 취해 옛일들을 두서없이 떠들어대며 눈물짓고는 했다.

"언니도 마찬가지잖아요."

"……"

이미나는 각성자가 되기 전에는 아시아권에서 상당히 주목받는 격투기 선수였다. 하지만 격투기 선수로서의 삶은 각성자가 되는 순간 끝나 버렸다.

그녀가 쓸모 있는 존재로 남기 위해서는 전장에 나서서 싸울 수밖에 없었다. 그리고 그녀는 그 일을 제법 잘해왔다. 아니, 지금 상황을 생각하면 굉장히 잘해왔다고 할 수 있지 않을까?

하지만 이미나의 가슴 한편에는 늘 과거에 대한 그리움과 미련이 남아 있었다. 각성자들을 모아서 벌이는 격투기 이벤트에 꼬박꼬박 참여해 왔던 것도 버리지 못한 미련 때문이었다.

"그리고 그때와 달리 지금은… 우리가 쓸모없어지는 세상이 좋은 세상인 거잖아요. 그때가 되면 지금까지 번 돈으로 게임

제작사나 차려서 대박 게임을 만들고, 내가 이벤트전에 꼭꼭 등장하는 프로게이머 리그를 만들어야지."

꿈꾸듯이 미래를 이야기하는 유현애의 말에, 이미나는 왠지 울컥하는 감정을 느꼈다. 그녀는 애써 그런 감정을 숨기며 대꾸했다.

"…그랬으면 좋겠네."

*　　　　*　　　　*

"고맙다. 자네들 덕분에 급한 불은 껐군."

잠시 휴식을 취하고 있는 유현애와 이미나에게 한 사람이 다가왔다.

"사장님은 웬일이세요?"

"원래 우리 애들이 투입될 예정이었거든. 자네들이 대신 처리해줬다고 하길래, 인사라도 할 겸 왔지."

선글라스를 낀 중년 남자, 팀 크로노스의 백원태 사장이었다.

"그쪽 상황은 어때요?"

"아직까진 괜찮다. 하지만 이대로 간다면 금방 피로도가 한계에 달하고 말겠지."

"……."

"자네들이 굵직한 게이트들을 해결해 주지 않았다면 피로도의 문제로 끝나지 않았을 거야."

일본과 대만만 봐도 알 수 있다. 두 나라는 군단의 대공세로 한국 이상의 피해를 입었다. 칼레의 경우처럼 특별한 경우가 아니라면 팀 섀도우리스는 자국의 수호를 중시했으니 당연했다.

서용우와 이비연이 귀환한 후로 당장 급한 불은 껐지만, 문제는 그다음이다. 게이트 재해는 여전히 계속되고 있었으니까.

헌터 강국이라 불렸던 나라들은 이제 자국의 전 국토를 지킬 능력이 없었다. 선택과 집중이 필요한 상황이었지만, 문제는 그 판단을 내릴 행정 시스템이 파괴되었다는 점이다.

세계를 집어삼킨 혼란 속에서 무수한 목숨이 죽어가고 있었다.

이미나가 물었다.

"방위 시스템이 회복될까요?"

행정 시스템도 문제지만 방위 시스템은 당장의 생존이 걸린 문제였다.

헌터관리부를 컨트롤 센터로 삼아 군부의 지원을 받으며 유기적으로 맞물려 돌아가던 방위 시스템이 망가진 지금, 한국의 헌터 전력은 비효율적이면서 극심한 소모를 강요받고 있었다.

다른 무엇보다도 방위 시스템의 정상화가 시급한 상황이다.

"최선을 다하고 있는 중이다."

팀 크로노스, 팀 블레이드, 팀 이그나이트 3대 헌터 기업이 중심이 되어 임시 컨트롤 센터를 만들어냈다.

하지만 방위 시스템의 정상화를 위해서 해결해야 할 문제가 너무 많고, 그중에는 사실상 불가능한 조건들도 다수 있었다.

"용우 씨는 뭔가 대책이 있던가?"

"생각은 있는 것 같아요. 하지만 이번 일은 아저씨도 의표를 찔린 거였으니……."

유현애는 서용우도 이번 사태를 예견하지 못했다는 사실이 불안했다. 과연 서용우는 이 사태를 해결할 수 있을까?

지금은 서용우와 이비연 역시 바쁘게 움직이고 있었다. 전세계를 돌아다니며 긴급하고 심각한 문제들을 해결하는 중이다.

하지만 이대로는 상황에 끌려가며 소모당할 뿐.

과연 해결책은 있는 것일까?

"믿고 기다리는 수밖에 없겠지."

백원태가 중얼거렸다.

"용우 씨는 언제나 우리에게 없는 답을 갖고 있었으니까. 이번에도 그러길 바라는 수밖에."

*   *   *

인류의 헌터 전력은 편중되어 있었다.

한국, 일본, 대만, 미국, 인도 그리고 프랑스와 이탈리아를 포함한 유럽…….

1세대 구세록의 계약자들이 수호해 온 이 땅들은 게이트 재해를 상대로 안정적인 국토방위를 수행해 왔다. 당연히 경제적으로도 전 세계에 존재하는 금력의 대부분이 이 지역들에 몰려 있었고, 그 금력을 바탕으로 더욱 헌터 전력이 강화되었다.

그리고 지금, 군단의 대공세로 인류 헌터 전력의 핵심이라 할 수 있는 이 지역들이 치명적인 타격을 입었다.

이 사실이 의미하는 바는 단지 그 지역의 혼란에 그치지 않았다.

일정 규모 이상의 게이트 재해 처리를 그들에게 의존하던 헌터 전력이 부족한 나라들 역시, 심각한 위기를 맞이했다는 뜻이었다.

팀 섀도우리스가 아무리 부지런히 움직여 봤자 그들은 8명일 뿐이다. 그리고 그들 역시 사람이기에 시간이 지날수록 지쳐가고 있었다.

"일단 급한 불은 끈 것 같군."

대공습 후 사흘째.

팀 섀도우리스 전원이 한자리에 모였다.

하지만 물리적으로 모인 것은 아니었다. 시간과 마력을 아끼기 위해 정보공간에서 모였다.

"얼마나 여유가 있지?"

"7시간 17분. 실제로는 최소한 40분 전에는 투입되어야겠죠. 그걸 감안해도 샤워하고 짧게 한숨 잘 정도는 되는군요."

용우의 질문에 브리짓이 지친 표정으로 대답했다.

이 시점에서, 전 세계에 당장 게이트 브레이크를 우려해야 할 게이트는 단 하나도 남지 않았다. 물론 재해 지역을 제외하고 인류의 거주 지역에 영향을 끼치는 게이트들만을 따졌을 때 그렇다.

하지만 그 과정은 순탄치 않았다.

재해 지역을 제외한 지역에서, 사흘간 11회의 게이트 브레이크가 일어났다.

방위 시스템의 붕괴가 부른 비극이었다.

팀 섀도우리스에게 제대로 연락이 닿지 못했거나, 아니면 서포트가 제대로 이뤄지지 못하는 상황에서 게이트 공략 작전을 수행하던 헌터 팀이 실패했던 것이다.

"제로, 혹시 앞으로의 계획은 있습니까?"

그렇게 묻는 브리짓은 불안감을 드러내고 있었다. 그녀만이 아니라 모두 마찬가지였다.

과연 용우는 이 상황을 해결할 답을 갖고 있는가?

만약 그마저 답이 없다면 그때는 어떻게 해야 할까?

"있어."

다행히 용우는 고개를 끄덕였다. 브리짓은 자기도 모르게 안도의 한숨을 쉬었다.

"문제는 시간이 없다는 거군. 우리가 지구 전체를 지키느라 소모되는 상황이 계속된다면… 시간 싸움에서 진다."

"시간 싸움?"

"놈들이 왜 이런 일을 벌였을까?"

용우의 질문에, 다들 생각에 잠겼다.

브리짓이 대답했다.

"사흘 전의 공세는 인류의 방위 능력을 파괴했습니다. 사회는 망가졌고 방위 시스템은 전적으로 우리의 능력에 기대고 있는 상황이죠. 결론적으로 이게 그들의 목적이 아니었을까요?"

"이 상황 자체가?"

"네. 군단의 진짜 전력에 대적할 능력을 가진 것은 우리뿐입니다. 우리의 발을 묶고, 소모시키는 게 그들의 의도가 아닐까요? 놈들은 단 한 번의 공세만으로 너무나 큰 전략적 이익을 가져갔습니다."

군단이 숨기고, 숨기고, 숨기다가 한 번에 가한 대공세가 남긴 상흔은 너무나 크고, 깊었다.

이 상황을 다시 뒤집을 반칙적인 변수가 필요하다. 그런 변수가 없다면 인류는 혼란 속에서, 지금까지와는 비교도 안 될 절망적인 소모전을 강요당한 끝에 쓰러지고 말 것이다.

용우가 말했다.

"표면적으로는 그렇지."

"표면적으로는? 그럼 놈들의 의도는 그게 아니란 말입니까?"

"놈들의 진짜 의도는 시간을 버는 거야."

"네?"

브리짓이 눈을 크게 떴다. 그녀만이 아니라 다들 무슨 소리인지 설명을 요구하는 눈빛이었다.

"우리와 놈들의 싸움에는 아주 중요한 게 하나 있어."

"중요한 것?"

"전장을 누가 고르느냐."

누가 먼저 완벽하게 준비를 갖추고 공격을 가할 수 있는가?

공격자가 어느 쪽이 되느냐에 따라서 전쟁의 승패가 결정된다.

여기서 말하는 '완벽한 준비'란 사흘 전의 대공세 정도를 의미하지 않는다. 진정한 힘으로 상대를 칠 준비였다.

"지구가 전장이 되면, 무조건 우리의 패배다."

본신의 전력을 온전히 발휘하는 군주가, 강대한 부하들을 데리고 지구에 강림한다면 사실상 전쟁은 끝이다.

팀 섀도우리스는 그들과 싸워 이길 수 있을지도 모른다. 어쩌면 그들 모두의 목숨을 취할 수도 있을 것이다.

하지만 그 대가는 지구의 멸망이다. 그것만은 용우도 어쩔 수 없다.

"놈들은 이미 보여줬지. 그게 가능하다는 것을."

사흘 전의 대공세로 인해 용우는 한 가지 사실을 알게 되었다.

군단을 구속하던 제약이 크게 약해졌다. 이 시점에서 군단이 지구를 상대로 얼마나 많은 일을 할 수 있는지는 예측 불허다.

"이유는… 계약의 소멸이고."

구세록의 계약자가 한 명 줄어들 때마다, 군단을 구속하는 제약은 약해졌다. 그리고 이제 모든 구세록의 계약자가 사라졌으니 그 힘이 완전히 사라졌어도 이상하지 않았다.

"놈들이 우리를 치기 전에, 우리가 놈들을 쳐야 한다. 하지만 사흘 전의 대공세로 인해 우리는 시간 싸움에서 뒤처지게 되었지."

"그, 그럼……."

"당장 놈들이 쳐들어올 수도 있어."

용우의 말에 다들 안색이 창백해졌다.

차준혁이 물었다.

"캡틴, 놈들을 치기 위해 필요한 '준비'란 뭐지? 이제 캡틴은 자유롭게 놈들의 세계로 넘어갈 수 있지 않았나?"

"그렇지. 하지만 문제는 승산이야. 아무리 나라도 무작정 놈들의 세계로 쳐들어가서, 놈들 전원과 맞붙으면 승산이 없어."

적은 세 명의 군주만이 아니다. 군주급 전투 능력을 갖췄다고 예상되는 타락체들의 우두머리 라지알도 있고, 그만큼은 아니더라도 얕볼 수 없는 고위 타락체가 수십 명이 넘는다. 타락체 전체의 수는 거의 천 명에 달하며, 군단의 전체 병력은 그들을 일부 소수 병력으로 치부할 만큼 많았다.

"놈들도 지금까지 당한 게 있으니 충분히 방비를 하고 있겠지. 그러니까 이번 같은 일이 터진 거고."

이제 군단은 더 이상 방심하지 않는다. 이번 대공세가 그 증거였다.

"최소한 우리 모두가, 완벽한 전력으로 공세를 취해야 해."

팀 섀도우리스 전원이 참전하는 것은 필수였다. 그것마저 안 된다면 아예 승산을 논할 수조차 없었다.

"그리고 우리가 원하는 전장을 골라야 하고."

적이 완벽한 포진을 갖춘 곳에 들이받을 수는 없다. 더 이상 방심하지 않는 군단은, 완벽한 방어 체계를 준비해 놓았을 것이다.

차준혁이 물었다.

"혹시 우리가 군단을 공격하면, 그동안은 게이트 발생이 멈출까?"

"아니. 게이트 재해는 두 종류인데, 하나는 위치와 시간을 지정해서 발생시키는 거고 다른 하나는 놈들이 작업을 예약해둔 것들이 랜덤으로 실행되는 거야. 후자는 놈들이 얼마나 많은 작업을 예약해 뒀을지에 따라 다르겠지만… 아마 멈추지 않을 거야."

"……"

"그래서 일단 그 문제를 해결할 거다."

"해결 방법이 있는 건가?"

"있어. 워낙 바빠서 작업이 늦어지긴 했지만……."

"오빠가 했으면 더 빨랐을 거 같아? 왜 내가 잘못한 것처럼 말하는데?"

잠자코 있던 이비연이 짜증을 내며 한마디 했다. 그 작업을 한 것은 그녀였던 것이다.

용우가 재빨리 그녀를 달랬다.

"아니, 그런 뜻은 아니었어. 바쁜 와중에도 수고했다는 거지."

"흥."

"방법은… 네가 설명해."

"떠넘기기는."

이비연이 새초롬한 눈으로 용우를 바라보고는, 자신이 찾아낸 방법을 설명했다.

"구세록의 새로운 기능 하나를 활성화했어."

그녀의 설명을 들은 모두가 감탄했다.

"그런 게 가능했다고?"

"그럼 정말 걱정이 없군. 적어도 게이트 재해에 대해서만큼은!"

정말로 완벽한 해결책이었기 때문이다.

용우가 쓴웃음을 지었다.

"문제는 시간이지."

하지만 과연 그들이 그 해결책을 실행하고, 다시 결전을 준비할 시간이 있을 것인가?

문제는 바로 그것이었다.

"시간이 얼마나 있는지 알 수 없으니까 일을 순차적으로 처리하다가는 다 같이 망한다. 그러니까 생각나는 건 전부 동시 진행하도록 하지."

"설마……."

"다들 휴식은 포기해. 이제부터 눈코 뜰 새 없이 전 세계로 날아다녀야 하니까."

그 말에 모두의 표정이 구겨졌다.

3

한국을 대표하는 최정예 헌터 팀, 팀 블레이드의 사장 오성준.

그는 이미 은퇴한 몸이었지만, 비교적 최근까지도 실전에 나선 바 있었다. 최전성기에 미치지는 못해도 아직 현역 활동이 가능할 정도의 기량을 갖췄다는 뜻이다.

그러나…….

〈이건 너무하는군.〉

아무리 그렇다고 하더라도 4층 빌라만 한 덩치를 자랑하는 4등급 몬스터, 블랙 드레이크를 일격에 참살하는 것은 불가능하다. 최전성기일 때도 그런 것은 망상 속에서나 가능한 일이었다.

그런데 지금, 그는 지금 블랙 드레이크를 일격에 죽여 버리고 그 시체를 내려다보고 있었다.

〈이게 구세록의 힘인가.〉

오성준은 페이즈9에 달하는 마력을 보유하고 있었다. 각성자들의 마력이 세대를 거듭할수록 높아진다는 사실을 감안해도, 여전히 현역에서도 통용되는 수준이다.

하지만 지금 오성준의 마력은 페이즈9 정도가 아니었다. 7등급 몬스터 수준의 마력을 발휘하고 있었다.

그의 모습은 평소와는 달랐다. 새하얀 갑옷이 전신을 감쌌고, 머리 위에는 굵직한 빛의 고리가 떠서 일렁이고 있었다. 등 뒤로는 하얀빛이 분출되고 있는데 마치 펄럭이는 망토처럼 보였다.

성좌의 힘을 나눠 받은 자, 셀레스티얼이었다.

"마음에 드십니까?"

"그 대사 뭔가 악당 같지 않나?"

오성준이 쓴웃음을 지으며 옆을 바라보았다.

동시에 주변이 어둠으로 물들며, 어둠 속에서 서용우만이 선명한 모습을 띠고 있었다. 오성준 역시 셀레스티얼이 아니라 평소의 모습으로 돌아와서 그와 마주했다.

구세록의 정보공간이었다.

"이런 힘이 있으면 확실히 자네들이 없어도 지구를 지킬 수 있겠군. 지구를 지킨다라, 내가 이런 소리를 진지하게 하는 날이 다시 올 거라고는 상상도 못 했는데."

"진지하게 했던 때가 있었습니까?"

"어린 시절에는 그랬지. 세계를 지키는 로봇을 만드는 과학자가 되고 싶다거나, 지구방위대가 되고 싶다거나… 그런 생각 많이 하잖나."

"사장님한테도 그런 시절이 있었군요."

"누구에게나 있지. 사실 난 자네에게 그런 시절이 있었다는 게 상상이 안 가지만."

지구의 운명을 좌우하는 초인, 서용우도 예전에는 평범한 청년이었다. 머리로는 알고 있지만, 오성준은 용우를 아무리 봐도 그 사실이 믿어지지 않았다.

오성준이 물었다.

"이런 힘이 몇 명에게 주어진 건가?"

"최종적으로는 35명이 될 겁니다. 지금까지 19명의 작업이 끝났고요."

전 세계에서 선별한 35명의 각성자에게 셀레스티얼의 힘이 주어진다.

강한 마력뿐만 아니라 올라운더로 활약할 수 있는 다종다양한 스펠까지 주어지니, 팀 섀도우리스가 없더라도 지구를 게이트 재해로부터 수호하기에는 충분할 것이다.

"왜 나였나?"

오성준은 왜 용우가 자신을 선택했는지 이해하기 어려웠다.

그가 현역 수준의 기량을 유지하고 있다지만, 그건 어디까지나 상대적인 평가였다. 진짜 팔팔한 에이스급 현역들과 비교하면 노쇠한 존재임을 부정할 수 없었다.

그런데 왜 용우는 자신을 선택한 것일까?

"믿을 수 있는 사람이라고 생각했으니까요."

"팔이 안으로 굽었다는 건가?"

"반은 그렇습니다. 나머지 반은… 이 힘을 쓰는 사람 중에, 이 힘의 의미와 한계를 알고 있는 사람이 있어야 한다고 생각했기 때문입니다."

"무슨 뜻이지?"

"사장님은 저에 대해서 압니다. 그건 즉 지금 손에 쥔 힘의 한계를 이해하고 있다는 뜻이죠."

"……."

용우의 말에 담긴 의미를 이해한 오성준은 전율했다.

지금 그의 손에 쥐어진 것은 세상을 구할 수 있는 힘이다.

그 말은 즉, 세상을 뜻대로 바꿀 수 있는 힘이란 의미도

된다.

단지 뛰어나다는 이유로 힘을 준다면, 그중 누군가는 의무를 수행하기보다는 자신의 욕망에 충실할지도 모른다. 세상이 혼란에 집어 삼켜진 지금, 힘이 갖는 의미는 더없이 크니 자신에게 주어진 힘에 취해 버린다 한들 이상한 일이 아니다.

"과거에 이미 그런 존재들이 있었지요."

1세대 구세록의 계약자 같은 존재는 그들로 충분하다. 용우는 그렇게 생각했다.

"그리고 사장님한테 드린 힘은 무한정 쓸 수 있는 게 아닙니다. 한정된 자원을 쓰고 있을 뿐. 어차피 우리가 이기지 못하면 모든 게 끝입니다. 그때까지 잘 부탁합니다."

용우는 그 말을 끝으로 정보공간에서 나왔다.

＊　　　　＊　　　　＊

용우가 정보공간에서 나오자 그 앞에는 백발을 뒤로 질끈 묶은 청년, 차준혁이 기다리고 있었다.

"서른다섯 명이나 되는 인원에게 힘을 나눠줘도 괜찮은 건가?"

차준혁이 물었다.

예전에는 성좌의 힘을 많은 이에게 나눠줄수록 좋았다.

한 사람이 발휘할 수 있는 힘에 제한이 걸려 있었고, 그 뿐리가 되는 성좌의 힘은 끝을 알 수 없을 정도로 거대했기 때문이다.

하지만 이제는 상황이 바뀌었다.

구세록의 초월권족을 몰살시킨 용우와 이비연은, 그들이 걸어두었던 제한을 해제했다. 이제 두 사람은 자신의 그릇이 버틸 수 있는 한계치까지 그 힘을 끌어낼 수 있는 것이다.

그런데 그 힘을 다수에게 나눠줘 버리면 그만큼 용우와 이비연이 쓸 수 있는 힘도 줄어들지 않는가?

"괜찮아."

차준혁이 묻는 뜻을 알면서도 용우는 태연했다.

"그 서른다섯 명에게 제공될 힘은, 너희들에게 제공되는 것과는 소스가 달라. 성좌의 무기로부터 공급되는 게 아냐."

"무슨 소리지?"

"구세록에 비축되어 있던 힘이야."

"그런 게 있었다고?"

"있었지. 초월권족 놈들이 자신들이 쓰기 위해 비축해 놓은 힘이."

용우가 이미 몰살시킨 적에 대한 혐오와 경멸을 내비치며 말했다.

"제물로 바쳐진, 제1세계의 4천만 명이 생산한 힘."

구세록을 구축하고, 군단에 제약을 가했음에도 그 영적 자원은 다 소진되지 않았다. 잉여 에너지는 고스란히 구세록의 초월권족을 존속시키고, 언젠가의 전쟁을 위해 비축되었다.

"제2세계가 파멸하는 과정에서 발생한 힘."

군단이 제2세계를 멸망시키는 과정에서 발생한 영적 자원을, 구세록의 초월권족도 나눠 가졌다. 그들은 그 힘으로 마력을 강화하고, 나머지는 전략 자원으로 비축했다.

"마지막으로 우리 세계에서 발생한 힘까지 더해졌지."

어비스로 납치당한 24만 명이 생산한 영적 자원.

군단이 게이트 재해를 통해 지구를 침략하면서 수확한 영적 자원.

"그리고 구세록의 계약자와, 그들에게 빙의당했다는 이유로 제물이 되고 만 각성자들의 영혼."

그들은 구세록의 중심부에 존재하는 지옥에서 영적 자원을 쥐어짜내어 지며 고통받고 있었다.

"그렇게 생산되고, 비축된 힘의 양은 어마어마해. 서른다섯 명에게 할당해 준 것은 그중 일부에 불과하지만, 그걸 다 쓰려면 꽤 시간이 걸리겠지."

적어도 그들이 최종 결전을 치르는 동안 다 소모될 일은 없었다.

"남은 힘은 전부 우리가 쓸 거야."

구세록의 초월권족이 비축해 왔고, 그리고 이제는 그들의 영혼을 연료로 삼아서 발생시키고 있는 무진장의 영적 자원.

이 모든 것이 결전을 위한 전략자원으로 투입될 것이다.

"캡틴, 한 가지 꼭 대답해 줬으면 하는 게 있다."

"뭐지?"

"선생님은 어떻게 되신 거지?"

"이미 알고 있잖아?"

차준혁이 어렵사리 꺼낸 질문에 용우는 질문으로 대답했다.

"난… 선생님을 만났다."

차준혁은 용우와 이비연이 구세록의 세계에서 지구로 돌아오는 순간, 자신을 찾아왔던 백일몽에 대해서 설명했다.

"그건 정말 선생님이었나? 선생님의 영혼이 놈들에게서 해방되어 나를 찾아온 거였나?"

"그럴 거야."

용우는 구세록의 지옥에서 고통받던 영혼들을 해방시켜 주었다.

미켈레, 엔조 모로, 허우룽카이처럼 원한 관계로 맺어진 자들까지도.

그들에 대한 원한은 이미 해소되었다. 용우는 그들을 더 괴롭혀야 할 필요성을 느끼지 못했다.

대신 용우는 그들이 고통받던 지옥을 초월권족의 영혼들로 채웠다. 지금까지 남의 고통으로 발생한 영적 자원의 수혜자였던 그들은, 이제 자신의 고통으로 영적 자원을 생산하며 속죄하게 될 것이다.

"선생님……."

눈을 지그시 감은 차준혁이 눈물을 흘렸다.

잠시 후, 그가 눈물을 닦으며 말했다.

"고맙다."

"날 원망하지는 않나?"

"왜?"

"다니엘 윤을 다시 살릴 수 있었을지도 모르는데, 그냥 죽게 내버려 뒀으니까."

구세록의 세계 속에서, 초월권족은 영혼만 보존되면 얼마든지 부활할 수 있었다.

그런데 과연 그 권능의 수혜를 입는 것이 초월권족에게만 허락된 일이었을까?

그곳에 있는 영혼이라면 누구나 가능하진 않았을까?

차준혁 역시 그런 가능성을 생각했었다. 하지만 그는 용우의 질문에 고개를 저었다.

"설령 그게 가능했다 하더라도… 선생님이 그걸 바라셨을리가 없다."

"……."

"나도 안다. 그분은 지쳐 있었어. 죽음을 맞이하는 순간은 그분에게는 해방의 순간이었을 거야. 그런 그분을 이제와 되살려 살아가길 강요한다면, 그건 내 이기심에 불과하겠지."

차준혁은 슬프게 웃었다.

지금 그들은 절대적이라고 믿었던 삶과 죽음의 가치조차 훼손된 세계에 발을 들였다. 그런데 어찌 소중한 이를 되찾고 싶지 않을까?

　할 수만 있다면 자신을 바쳐서라도 소중한 사람을 살아 숨 쉬게 만들고 싶다.

　하지만 슬프게도 삶이 축복이라는 명제는 모두에게 적용되지 않는다.

　누군가에게는 삶은 고통으로 가득한 지옥이다. 눈을 뜨고, 숨을 쉬며 살아가는 것 자체가 고통스러운 사람들이 있다.

　다니엘 윤은 그런 사람이었다. 그는 오래전부터 상처투성이였다. 치유되지 않는 상처를 입은 채로 너무나 무거운 죄책감을 짊어지고 있었다.

　"그러니까 굳이 내게 미움받으려고 할 필요는 없다, 캡틴."

　"그런 쪽팔리는 생각은 한 적 없는데."

　"그런가. 오해해서 미안하군."

　"……."

　차준혁이 다 안다는 표정으로 사과하자, 용우는 입을 다물었다.

＊　　　＊　　　＊

　브리짓과 휴고는 산더미 같은 마력석을 앞에 두고 있었다.

"이렇게 쌓아놓고 보니 엄청나긴 하군."

휴고가 혀를 내둘렀다.

두 사람이 있는 곳은 미국 정부가 비밀리에 비축해 둔 마력석 저장고였다.

미국 정부는 설령 마력석 공급이 끊겨도 향후 5년간 미국 전역에, 지금까지와 동일한 규모의 전력을 공급할 수 있을 정도의 마력석을 비축해 두고 있었다.

그것도 사회가 정상적으로 돌아갈 때를 기준으로 한 것이니, 타락체들의 테러로 인프라가 파괴된 지금을 기준으로 삼는다면 더 오랜 시간을 버틸 수 있으리라.

자국의 영토 수호를 넘어, 세계 곳곳에 헌터 전력을 파견해 왔던 미국의 마력석 생산량은 그만큼 엄청났던 것이다.

"이걸 다 써버려서 놈들에게 이기고 나면… 그다음에는 괜찮을까?"

휴고가 걱정스럽게 중얼거렸다.

서용우는 두 사람에게 미국이 비축해 놓은 마력석을 전량 제공할 것을 요구했다.

군단과의 결전에서 이기기 위해서는 전략자원을 충분히 갖출 필요가 있었다. 용우와 이비연이 마력석을 활용해서 준비할 경우, 얼마나 큰 전력 향상을 이룰 수 있는지를 감안하면 타당한 요구였다.

그렇다고는 해도 미국이 멀쩡했다면 들어줄 수 없었을 것이다. 아무리 애비게일 카르타라 해도 미국의 모든 것을 멋대로 하는 횡포를 부릴 수 있는 것은 아니었으니까.

'어머니는 힘을 잃으셨다. 이제부터는 온전히 내 몫이야.'

애비게일 카르타는 미 정부의 핵심 권력자들을 장악함으로써 미국 전체에 영향력을 행사해 왔다.

군단의 대공세는 미국의 행정, 군사 시스템에 타격을 입혔을 뿐만 아니라 애비게일 카르타가 쌓아온 영향력에도 크나큰 타격을 입혔다.

브리짓이 말했다.

"걱정해 봐야 의미 없는 일이야. 이기지 못하면 모든 게 끝이니까."

"그렇긴 하지만……."

"넌 눈앞의 문제에 집중해. 뒷일은 내가 생각할 테니까."

브리짓은 정보를 다루는 전문가였다. 그녀는 일찌감치 용우의 요구를 예측하고, 휴고가 떠올린 문제를 고민하고 있었다.

'자원은 문제지. 하지만 그것만이 문제가 아니야.'

세계가 혼란에 휩싸인 지금, 종말의 군단을 무찌르고 게이트 재해에서 해방되는 순간부터 수많은 문제가 인류를 덮칠 것이다. 브리짓은 그 문제들로부터 미국을 지켜낼 방법을 고민해야 하는 입장이었다.

'휴고, 너는 그런 일에 어울리지 않아.'

휴고는 자신을 과시하길 좋아하고, 대중의 관심을 즐기는 사람이었다. 하지만 그는 영웅으로 떠받들어지는 대외적 이미지와 자신의 본질 사이에서 고민해본 적이 없었다. 그것은 그가 기본적으로 선량한 사람이기 때문이었다.

눈앞에서 사람이 죽어가는 것을 그냥 지나치지 못한다. 설령 자기 목숨이 위험에 처한다 하더라도 그 사람을 지키기 위해 뛰어들 것이다.

그 대상이 미국인인지 아닌지는 상관없다. 휴고는 해외에 파견되었을 때도 언제나 위험을 감수하며 최선의 결과를 내도록 노력해 온 사람이니까.

'휴고, 너는 영웅이야. 하지만 이제 혹독한 시대가 닥쳐올 거야.'

선량함만으로는 살아남을 수 없는 시대가 다가올 것이다.

인류를 괴롭혀온 재앙의 근원을 파괴함으로써, 인류는 그동안 잊고 있던 내적 문제들을 마주하게 될 것이다. 그리고 그것은 분명 인류의 도덕성을 시험하는 지옥이 되리라.

'이기적으로 될 수밖에 없겠지. 하지만 그런 길은 나 혼자만 걸으면 돼.'

미국을 지키기 위해서는 그래야만 한다. 브리짓은 결국 자신이 1세대 구세록의 각성자와 비슷한 길을 걷게 될 것임을 예감하고 있었다.

하지만 휴고까지 그럴 필요는 없다. 그는 천진한 영웅으로 남을 것이다. 브리짓이 그렇게 만들 것이다…….

그런 생각을 하고 있을 때였다.

"브리짓."

갑자기 주변이 어둠으로 물들며, 그녀를 부르는 목소리가 있었다.

"무슨 일이죠, 제로?"

서용우가 그녀를 정보공간으로 소환한 것이다. 그를 보는 순간 브리짓은 마음속 한구석에서 공포가 꿈틀거리는 것을 느꼈다.

지금의 서용우는 인류의 유일한 대안이다. 인류의 운명은 그에게 걸려 있고, 동원 가능한 모든 역량을 그에게 쥐어줘서 군단을 멸해야만 한다.

그 사실에는 브리짓도 전적으로 동의했다. 하지만 과연 그 이후에는 어떨까?

군단을 물리치는 데 성공한다면, 그 후에는 이 남자를 어떻게 대해야 할까?

"고민이 많아 보이는군."

"……."

텔레파시가 기본인 정보공간에서는 직접적으로 드러내지 않더라도 어느 정도 감정이 전달될 수밖에 없다. 용우는 그녀의 고민을 민감하게 알아차렸다.

"이 뒤의 일을 생각하고 있나?"

"생각하지 않을 수 없지요. 지금 할 고민이 아닐지도 모르지만, 지금 해두지 않으면 안 되는 고민이니까."

"당신 성격상 지금은 마음속에 넣어두라고 해도 그러지 못하겠지."

"……."

"걱정하지 마. 당신들은 내게 성의를 다했다. 쓸데없는 짓만 하지 않는다면 당신들에게서 힘을 거두어가지 않을 거야."

브리짓은 용우가 말하는 '쓸데없는 짓'이 무엇인가에 대해서 고민하지 않을 수 없었다.

하지만 그가 확답을 해준 것만으로도 마음 한구석에 안도감이 자리 잡았다.

"그리고 부탁할 게 하나 더 생겼어. 긴급한 건이야."

"뭐죠?"

"그건……."

용우가 꺼낸 용건에 브리짓은 놀람을 금치 못했다.

4

용우는 무참한 폐허에 와 있었다.

불과 사흘 전까지만 해도 최고의 두뇌들이 모여 인류의 미래를 위한 기술을 연구하던 장소, 한국 게이트 재해 연구소의 폐허였다.

권희수 박사가 죽었다.

용우는 대통령이 서거했다는 사실에는 별 감흥을 느끼지 못했다. 하지만 한국 게이트 재해 연구소가 파괴당하고 권희수 박사가 사망했다는 사실에는 큰 충격을 받았다.

군단 입장에서 한국 게이트 재해 연구소는 당연히 노릴 만한 표적이었다.

게이트 재해에 맞서기 위한 기술들이 개발되는 곳이기도 했지만, 무엇보다 대외적으로는 팀 섀도우리스가 권희수 박사의 비밀 프로젝트로 알려져 있었으니까.

지금까지 언론 플레이로 그런 정보를 퍼뜨렸으니, 지구인에게서 텔레파시로 정보를 얻은 군단이 테러할 표적 리스트에 추가한 것은 당연한 일이었다.

"역시 없나……."

대공습으로부터 사흘이 지났을 뿐이다.

아직 파괴된 곳에 대한 탐색과 구조 작업조차 제대로 이루어지고 있지 못했다. 연구소의 폐허에는 처참하게 죽은 시신들이 널려 있었다.

용우는 그곳에서 권희수의 시신을 찾아보았다. 시신을 수습해서 제대로 장례라도 치러주고 싶었기 때문이다.

하지만 강력한 마력 반응 탄두를 연쇄 폭발시켜서 산산조각 난 그녀는 시신조차 남기지 못했다.

'열쇠와 아티팩트도 빼앗겼다.'

권희수에게 연구용 샘플로 줬던 군단의 열쇠 두 개와 아티팩트 굉음의 도끼도 사라졌다. 하긴 군단 입장에서는 최우선 적으로 회수할 표적이었을 것이다.

'큰 문제는 아니지만.'

용우에게는 아직 5개의 열쇠가 남아 있다.

그리고 굉음의 군주 소우바는 이미 죽었다. 아티팩트 굉음 의 도끼를 빼앗긴다 한들 군주가 강림할 일은 없다는 뜻이다.

'어차피 놈들이 먼저 공격해 온다면, 그런 방식이 아니겠지.'

이미 모든 구세록의 계약자가 사라지면서, 군단에 가해지는 제약은 약해질 대로 약해졌다. 지금 이 순간에도 시시각각 약 해지고 있을 것이다.

'늦지 않을지 모르겠군.'

용우는 두 가지 준비를 진행하고 있었다.

이쪽에서 군단의 세계로 쳐들어가기 위한 준비와, 군단이 쳐들어올 경우를 대비한 준비였다.

이런 상황에서 일 처리 능력을 나누고 싶지 않았지만, 어쩔 수가 없었다. 최선은 쳐들어가는 것이었지만, 그쪽에 올인하다 가 제대로 싸워보지도 못하고 망하는 수가 있었으니까.

'하지만 이상하군. 그만큼 이득을 봤으니 최소한 건드려 볼 만도 한데, 기이할 정도로 아무런 움직임이 없어.'

사흘이 지났건만 군단은 아무런 움직임도 보이지 않았다. 구세록의 탐지 능력이 지구 전역을 커버하고 있는 상황이니 확실했다.

이건 아무리 봐도 이상했다. 놈들이 용우가 구세록의 전권을 탈취했다는 사실을 알 리가 없는데 왜 정찰을 위한 움직임조차 없단 말인가?

'놈들에게 대체 무슨 일이 있는 거지?

용우는 군단에 뭔가 문제가 터졌다는 느낌을 버릴 수 없었다. 그 문제는 분명 대공세의 한 축을 담당했던 특수 지휘관 개체들이 자멸한 것과 관련이 있을 것이다.

*　　　*　　　*

결국 용우는 성과 없이 돌아와서, 자신의 메일함에 전달된 데이터를 재생시켰다.

권희수의 인공지능 비서 민수가 전달한 데이터였다.

[뒷일은 부탁해요. 먼저 가서 미안합니다. 저 할 만큼 한 거 인정하죠? 욕하지 마세요. 당신 과거 이야기를 못 듣고 가는 건 아쉽네요.]

권희수의 목소리가 스피커를 통해 흘러나왔다.

용우는 그것이 권희수의 유언임을 알고 쓴웃음을 지었다.

"당신답군."

민수가 보낸 메일에는 현장에서 녹음한 권희수의 유언 말고도 두 가지 파일이 더 들어 있었다.

그중 하나는 권희수가 죽을 때의 상황이 기록되어 있는 파일이었다. 민수가 당시에 아직 기능하고 있던 연구소 곳곳의 카메라들로 촬영한 영상 자료와 첨부된 텍스트를 다 읽은 용우가 중얼거렸다.

"바보 같은 사람 같으니. 그냥 놈들에게 잡혀줬어도 됐을 텐데……."

용우는 타락체가 권희수를 특정하려고 한 이유를 추측할 수 있었다.

대외적으로 알려진 사실 때문에, 팀 섀도우리스에 대한 정보를 얻으려고 했을 것이다. 생사를 불문한 것은 죽은 지 얼마 안 된 시점이라면 영혼을 포획해서 정보를 뽑아낼 수 있는 능력을 가졌기 때문이리라.

어쨌든 권희수는 적에게 사로잡히기보다는 죽음을 선택했다. 그것도 시신조차 남기지 못하는 참혹한 죽음을…….

용우는 마지막 파일을 재생했다.

그것은 권희수가 좀 더 전에 녹화한 비디오 레터였다.

[몇 번이나 다시 녹화하는 중인데… 슬슬 지겹네요. 이게 마지막이 됐으면 좋겠어요. 뭐, 이렇게 말하고 또다시 녹화할 것 같지만.]

어깨를 으쓱한 권희수는 비디오 레터를 녹화하는 상황 자체가 어색한 것 같았다.

"마지막이었어. 안 그랬으면 좋았겠지만."

용우가 자기도 모르게 중얼거렸다.

권희수의 말이 이어졌다.

[직접 얼굴을 보면서 말하려고 해봤는데… 왠지 좀처럼 말을 꺼낼 수가 없었어요. 생각해 보면 별 이야기도 아닌데…….]

그렇게 말하는 권희수는 평소의 멍한 표정과는 달라 보였다. 삶에 찌든 것처럼 지친 표정으로 한숨을 쉬고 있었다. 아마 저 표정이야말로 평소에는 보여주지 않던, 그녀의 마음속 깊숙한 곳에 자리한 진심이었을 것이다.

[어린 시절부터 이야기할 필요는 없겠죠. 제 여고생 시절이 궁금하진 않을 테니까.]

권희수는 자신의 과거를 이야기하기 시작했다.

매끄러운 이야기는 아니었다. 그녀는 자신의 전문 분야에 대해서 이야기할 때는 미리 대본을 써서 리허설이라도 해본 것처럼 매끄러운 말솜씨를 자랑하는 사람이었다. 하지만 녹화된 화면 속에서 자신의 개인사를 이야기하는 모습은 어색하기 그지없었다.

그녀가 이야기하는 과거는 비극으로 점철되어 있었다.

퍼스트 카타스트로피 때, 직장에 나가 있던 아버지가 몬스터의 난동에 휘말려 죽었다.

초창기의 전쟁터에서, 군인으로 징병된 남동생이 전사했다.

[동생은 저와 같은 대대 소속이었어요. 이름은 민수였죠.]

그녀의 인공지능 비서의 이름은 죽은 동생에게서 따온 것이었다.

대학 졸업반으로 대학원 진학을 준비하던 권희수는 퍼스트 카타스트로피와 동시에 각성자 튜토리얼로 소환되었다.

그리고 한 달 동안 죽음의 위기를 넘기면서 고생한 끝에 1세대 각성자가 되어 지구로 돌아왔고, 곧바로 강제징병되어서 전쟁터에 투입되었다.

그녀보다 두 살 어린 남동생이 같은 대대의 각성자인 그녀를 지원하는 부대에 배치된 것은 상부에서 의도한 바였을까, 아니면 우연이었을까?

[동생은… 제가 투입되지 않은 전투에서 전사했어요.]

모든 것이 열악하던 시절이었다. 당시에는 몬스터와의 교전 수칙도 제대로 확립되지 않아서 부족한 각성자의 능력에 의존해서 난잡한 전술로 싸웠다.

권희수의 동생이 전사한 것은 딱히 특별한 사건은 아니었다.

당시에는 한번 교전을 치를 때마다 전사자가 몇 명씩 나오고는 했고, 그녀의 동생도 그중 하나가 되었을 뿐이다.

거기에 권희수의 잘못은 없었다. 심지어 그녀는 동생이 전사한 전투에는 투입되지도 않았으니까.

[정말로 자신을 탓할 이유를 아무것도 찾을 수가 없었어요.]

동생의 죽음에 충격을 받았고, 슬픔에 잠겼다. 동생을 살릴 방법은 없었을까, 그런 의문과 함께 자신을 책망하는 마음이 일어났다.

그러나 아무리 생각해도 권희수 자신이 잘못한 것은 없었다. 동생의 죽음은 어쩔 수 없는 비극이었을 뿐이다. 굳이 누군가에게 책임을 물린다면 매번 전사자를 내는 지휘부의 무능함을 탓했어야 했을 것이다.

[하지만 사람 마음이라는 건 그렇게 이성적으로 딱딱 맞아 떨어지는 게 아니잖아요?]

권희수는 각성자라는 이유로 전장에서 빠져나가는 것을 허락받지 못했고, 동생의 장례식에도 참석하지 못했다.

언제나처럼 전투 대기 중이었던 그녀에게, 장례식장에 있던 어머니가 전화를 걸었다.

"네가 잘못한 거야. 네가 그 애를 지켜줬어야지! 각성자라면서! 인류의 희망이라면서! 왜 동생 하나 지켜주지 못한 거니!"

[각성자가 인류의 희망이니, 구원자니… 그때는 그런 식으로 열심히 광고하고 있었죠. 저도 선전 포스터에 나온 적도 있었고.]

아들을 잃은 슬픔으로 이성을 잃은 어머니는 전쟁터로 내몰린 딸에게 원망과 저주의 말을 퍼부었다.

[상처받았어요, 정말로. 자살해 버릴까 고민했을 정도니까.]

하지만 그녀는 결국 자살하지 않았다.

자살한 것은 어머니였다.

[동생 장례식이 끝난 다음 날이었죠. 저는 엄마의 버팀목이 되지 못했나 봐요.]

그렇게 권희수는 가족을 모두 잃었다.

[아무것도 남지 않았어요. 소중한 것은, 아무것도…….]

하루하루 필사적으로 발버둥 치며 살아왔다. 그런데 어느 순간 왜 그렇게 아등바등 노력하며 살아야 하는지, 그 이유를 알 수 없게 되어 버렸다.

이런 세상에서 살아 뭘 할까?

과학자가 되겠다는 꿈은 운명의 변덕으로 빼앗기고 말았다. 퍼스트 카타스트로피 때 각성한 특수한 능력으로 뭔가를 이뤄야만 한다는 사명감이 있었지만, 현실은 그녀에게 그 사명을 이룰 기회를 주지 않았다.

이런 세상이나마 지킬 것을 강요받으며 필사적으로 싸웠건만, 그녀의 소중한 사람들은 모두 사라졌다.

살아야 할 이유 따위, 정말로 아무것도 남지 않았다.

[그날 밤에 권총을 머리에 가져다 대고, 방아쇠에 손을 걸어봤죠. 꽤 서늘한 감촉이었어요. 참 위험한 짓이었는데, 그러면서도 아무런 감흥이 없더군요.]

그때 깨달았다. 자신의 마음이 죽어버렸다는 사실을.

그 사실을 깨달았을 때, 어머니가 마지막으로 그녀의 마음에 남긴 흉터가 그녀를 붙잡았다.

[나는 정말 잘못한 걸까? 그런 생각이 들더라고요. 이성적으로 보면 바보 같은 생각인데… 그런데도 그런 생각에서 벗어날 수가 없었어요.]

그녀에게는 마력의 구조를 미세 영역까지 보고 컨트롤할 수 있는 능력이 있었다. 퍼스트 카타스트로피 직후에 각성한 그 능력은 분명 각성자 중에서도 특별한 것이었다.

[난 정말 아무것도 할 수 없었던 걸까?]

남들보다 특별한 사람들, 그중에서도 더욱 특별한 능력을 가졌는데… 정말로 동생을 살릴 무언가를 할 수 없었던 것일까?

그런 생각이 꼬리에 꼬리를 물기 시작했다.

[그때 윤 사장님을 만났어요.]

지휘부의 예상을 뛰어넘는 몬스터들의 공격에 방어선이 붕괴했다. 잠깐 동안 의식을 잃었던 권희수는, 파트너로 일하던 각성자가 피투성이 시체가 되어 있는 것을 보며 망연히 서 있었다.

그리고 그런 그녀 앞에서, 그 시체가 일어나서 다른 무언가로 변모해 가기 시작했다.

그 순간 권희수는 자신이 무엇을 해야 하는지 알았다.

[윤 사장님에게 제 능력을 말하고, 계약을 맺었죠.]

당연하게도 다니엘 윤은 그녀에게 그 재능을 증명할 것을
요구했다.

[한번 시험해 보고 싶어졌어요. 이 능력으로 내가 뭘 할 수
있을지, 과연 내가 그날 느낀 사명감이 단순한 착각이 아니었
던 것인지.]

그리고 그녀는 증명하고 말았다. 자신에게 남다른 위업을
이룰 힘이 있다는 것을.

증폭탄두의 이론을 만들어내고, 직접 만들어낸 프로토타입
으로 전장에서 성과를 냈다. 그러자 다니엘 윤은 그녀를 전장
에서 빼내어 연구소에 배치하고, 연구를 위한 자원과 권력을
쥐어주었다.

[그렇게 되니까 변명을 못 하겠더라고요. 아, 난 사실은 할
수 있었구나. 내가 좀 더 잘했으면 동생을 살릴 수 있었을지
도 모르는 거였구나…….]

물론 권희수는 그럴 리가 없다는 것을 알고 있었다.

가족을 덮친 비극은 그녀가 어떤 성품의 소유자인지, 얼마
나 노력하며 살아왔는지와는 아무런 상관도 없는 운명의 영
역이었다.

[내가 잘했으면 동생이 살았을지도 몰라. 그러면 어머니도
자살하지 않았을지도 몰라.]

하지만 그녀는 불합리한 죄책감에서 벗어날 수 없었다.

[나라면… 내가 잘한다면 저 빌어먹을 것들을 끝장낼 수 있

을지도 몰라.]

자신의 삶을 파괴한 비극의 근원, 게이트 재해와 몬스터를 끝장내고 싶다는 복수심이 그녀의 등을 떠밀었다.

살아 있는 게 죽는 것보다 더 힘들었다. 죽을 만큼 힘내지 않으면 살아갈 수가 없었다.

권희수는 그 감각이 마치 자신에게 내려진 형벌 같다고 느꼈다.

[이상하게 들릴 것 같지만, 괴로워서 살아갈 수 있었어요.]

그 괴로움이 삶을 실감할 수 있게 해주었다. 마치 그녀에게 아직 죽음으로 도망치는 것은 용서하지 않겠다고, 끝까지 발버둥 쳐가면서 무언가를 이뤄내어 속죄하라고 다그치는 것만 같았다.

[몇 번이고 죽고 싶었지만, 한 번도 그래도 되는 이유를 찾지 못했어요. 그저 충동과 욕망만 있을 뿐…….]

도망쳐서는 안 된다. 도망치는 것만은 용서할 수 없다.

그렇게 그녀를 구속하던 마음은 어디서 비롯되었던 것일까.

하루하루, 죽는 것보다 힘든 고행 같은 삶을 살아가던 권희수가 죽어도 되는 이유를 찾아낸 것은 사흘 전의 일이었다.

[난 도망치는 게 아냐. 그렇지?]

인공지능 비서 민수가 영상의 뒤에 덧붙인 권희수의 마지막 목소리에는 두려움도, 괴로움도 없었다. 마침내 짐을 내려놓은 듯한 후련함과 안도감만이 느껴졌다.

"……."

용우는 가슴 한편이 욱신거리는 걸 느끼며 표정을 일그러뜨렸다.

"…바보 같은 여자."

정말로 바보 같은 여자였다.

사람들은 연구자로서의 권희수를 알 뿐, 인간 권희수를 몰랐다. 연구원들과 술자리 한 번, 아니, 식사조차 같이한 적이 없었다.

속내를 털어놓을 사람 하나 없는 쓸쓸한 삶이었다. 어쩌면 그 쓸쓸한 삶을 고집한 것 또한 권희수가 스스로 강요한 형벌이었을지도 모른다.

"아무것도 잘못하지 않았으면서."

하지만 용우도 안다. 죄책감에 사로잡히는 것은 진실로 죄를 저질렀기 때문만은 아니라는 것을.

운명이 권희수에게 잔혹하여 그녀의 삶을 고통으로 가득한 가시밭길로 만들었겠으나, 그럼에도 그녀는 운명을 탓하지 못하고 자신을 죄인으로 여기고 말았다. 머리로는 부정하면서도 상처투성이가 된 그녀의 마음은 그 지옥에서 벗어나지 못했다.

"이런 지옥으로는 다시 돌아오지 말고, 앞으로는 영원히 평온하길."

용우는 홀로 그녀의 명복을 빌었다.

그런 그에게 인공지능 비서 민수의 목소리가 들려왔다.

[박사님이 모든 수단을 동원해서 당신에게 전해달라고 한 연구 데이터입니다.]

147번이라는 넘버링이 붙은 연구 데이터는 용우로서는 이해할 수 없는, 전문적인 내용으로 가득했다. 해석을 위해서는 백원태에게 협력을 부탁해야 할 것 같았다.

[이 연구 데이터는 박사님이 마지막으로 마무리한 프로젝트 결과물입니다. 아직 데이터 축적을 통한 증명 단계가 남아 있기는 하지만, 박사님은 프로젝트의 완성을 확신했습니다.]

마지막으로 민수는, 간략하게 147번 연구 데이터에 대해서 설명하기 시작했다.

[이 프로젝트의 이름은…….]

그리고 그 설명은 용우를 벌떡 일어나게 만들었다.

Chapter57

주고받다

1

군단의 심장부, 왕의 섬.

그곳에는 오랫동안 주인이 존재하지 않았던 왕궁이 있었다.

또한 아무도 앉을 수 없었던, 비어 있는 옥좌가 있었다.

언젠가 탄생할 왕을 위해 안배된 그 의자에는 지금 누군가 앉아 있었다.

"이런 식이었나."

핏빛 눈동자와 상앗빛의 피부, 그리고 눈부신 금발을 가진 청년 라지알이었다.

"시간이 얼마나 지났지?"

눈을 뜬 라지알이 물었다.

오랫동안 눈을 감고 있었던 것 같았다. 하지만 정확히 얼마나 시간이 흘렀는지 모르겠다.

〈…….〉

"왕의 물음에 대답하는 것이 굴욕으로 느껴지는가, 군주의 망령?"

라지알이 눈앞의 존재를 비웃었다.

그곳에는 푸른 스파크를 튀기는 빛구슬이 허공에 떠 있었다.

아니, 떠 있다기보다는 결박되어 있다고 해야 할 것이다. 옥좌 주변에서 뻗어 나온 무수한 빛의 실이 빛구슬을 붙잡아서 허공에 결박시켜 두고 있었다.

"내가 얻은 것을 보여주지."

순간 라지알의 목소리가 기이한 울림을 띠었다.

「내 물음에 답하라.」

〈제3세계의 시간 기준으로 나흘하고도 열일곱 시간.〉

자기도 모르게 대답한 빛구슬, 정확히는 그 속에 담긴 의지가 깜짝 놀랐다.

〈뭐, 뭐지?〉

"왕의 권능이지. 군단의 일원에 대한 절대 명령권. 시시한 권능이지만 내가 왕으로 인정받았다는 사실을 실감할 수 있다는 점은 괜찮군."

라지알이 키득거리며 말을 이었다.

"왕의 섬을 수호하는 군단의 의지는 나를 왕으로 인정했다. 그러니까 우리 쓸데없이 기력 낭비하지 말지, 에우라스."

빛구슬은 뇌전의 군주 에우라스였다.

아니, 정확히는 뇌전의 군주였던 존재라고 해야 할까?

에우라스의 군주 코어는 라지알의 것이 되었다. 그런데 놀랍게도 라지알은 그 과정에서 에우라스를 살해하지 않았다.

봉인을 기반으로 하는 초월권족의 비술을 이용, 에우라스의 의지만을 추출하여 다른 그릇에 담았던 것이다. 이것은 초월권족 중에서도 최상위 계층이었던 라지알이기에 가능한 일이었다.

⟨정말로 그런 방법으로 왕이 될 수 있는 것이었나……. 어째서 우리가 몰랐지?⟩

"정석은 아니었어."

⟨뭐라고?⟩

"왕에 이르는 길은 세 가지였다. 우리가 알던 두 가지 말고 한 가지 방법이 더 있었을 뿐이지."

비어 있는 옥좌를 차지하여 군단의 왕이 된 라지알은 종말의 군주들도 모르던 진실을 알아내었다.

"첫 번째는 기둥을 빼앗는 것."

성좌의 무기 7개가 군단의 손에 들어왔을 때, 군단은 왕을 탄생시킬 수 있었다.

"두 번째는 전쟁에 승리하여 구세록을 손에 넣는 것."

여기까지는 에우라스도 알고 있는 대로였다.

참고로 이 두 가지 방법은 왕을 탄생시키기 위해 한 번 더 절차를 거쳐야 한다. 왕위계승권자 전원이 모여 왕을 선출하는 과정을.

물론 모두가 자신이 왕이 되고자 했을 테니 투표로 결정이 나지는 않았을 것이다. 결국은 결투에 가까운 방식으로 왕이 결정되었을 터.

하지만 그렇다 하더라도 지금처럼 서로 죽고 죽이는 방식은 아니었으리라. 의식의 힘을 통해 순수하게 기량만을 겨루는, 일종의 결투 스포츠 같은 형태가 되지 않았을까?

"그리고 마지막으로 군주 코어를 하나로 모으는 것."

〈어떻게 그게 가능하지? 우리는 그런 방법은 설계하지 않았다.〉

군단이 생명을 버리고 언데드가 되는 길을 택했을 때, 일곱 군주는 한 세계를 바꾸는 대변혁의 의식 중심부에 있었다.

그들은 군단을 지탱하는 기둥이었으며, 그들이 언젠가 도달할 불멸이 실현 가능함을 증명하는 희망의 상징이었다.

군주 코어는 다른 코어와는 명백히 구분되는 성질을 지니고 있다.

그 성질은 바로 소모되지 않는다는 것.

설령 군주 코어에 담긴 힘을 모두 쓴다고 하더라도 저절로 회복된다. 굳이 외부의 마력이나 영적 자원을 이용해서 충전하지 않더라도 무(無)에서 유(有)를 창조하듯이 마력을 생산하는 것이다.

단기적으로는 유한하지만, 장기적으로는 무한의 힘이 담겨 있다고 볼 수 있는 존재. 그것이 바로 군주 코어였다.

"너희들이 의식을 통해 만들어낸 것은, 왕이라는 존재를 선택하고 권능을 쥐여주는 시스템이었지. 하지만 그 시스템에는 의지가 있었다."

〈뭐라고?〉

"드러나지 않았을 뿐이지, 의지가 있었다는 거다. 강력한 마력을 지닌 장비들이 자아를 갖는 것과 비슷하지. 우리가 이해하고 대화할 만한 지성을 가졌는가와는 별개로, 분명한 의지를 가진 것. 그리고 왕을 만들어내는 시스템은 너희 설계자들의 의도를 초월한 완성도를 갖게 된 거야."

그 시스템의 목적은 단 한 가지였다.

왕을 탄생시켜, 군단을 영원에 도달시키는 것.

"방대한 영적 자원과 경험이 축적되면서, 시스템의 의지는 그 목적을 이루기 위한 새로운 방법을 찾아낸 것이지."

군주 코어는 성좌의 무기와 대비되는 존재였다.

시스템은 그 사실을 근거로 성좌의 무기를 군주 코어로 대체할 수 있다고 판단했다.

"내가 지금 왕으로 인정받은 것 또한 시스템이 의지를 가진 존재이기에 가능한 일이지. 최종적인 목적을 위해서는 군단이 존속해야 하고, 군단이 존속하기 위해서는 나를 왕으로 인정해야만 했으니까."

〈무슨 뜻이지?〉

"나는 완전한 왕이 아니라는 뜻이다. 당연한 일이지 않나?"

〈군주 코어 일곱 개를 다 모으지 못했기 때문인가?〉

"그래. 고작 세 개의 코어를 모았을 뿐인데도, 나는 왕으로 인정받았지."

라지알은 광휘의 데바나, 뇌전의 에우라스, 대지의 트라드 세 군주의 코어를 하나로 합친 융합체를 가졌다.

그로써 일개 군주를 아득히 뛰어넘는 권능을 갖게 되었지만, 진정한 왕이라 불릴 자격을 갖춘 것은 아니었다.

"시스템이 이 상황에서 군단을 존속시키기 위해서는 그럴 수밖에 없다고 판단하고 유연성을 발휘한 결과다. 의지가 있기에 가능한 일이지. 유연성을 발휘하는 것도 한계가 있는지, 지금의 내가 쓸 수 있는 왕의 권능은 한정적이지만……."

왕의 권능은 그 자체로 거대한 시스템이었다. 한 세계의 주인이 되어 신적인 기적을 일으킬 수 있었다.

하지만 지금의 라지알은 불완전한 왕이었다. 그가 할 수 있는 일에는 한계가 있었고, 군단이 비축한 영적 자원을 소모해야만 했다.

"그럼에도 나는 왕이다."

라지알은 자신이 군주 살해자와 대적하고도 남을 힘을 갖췄음을 확신했다.

왕의 힘은 단지 군주 코어 3개를 합친 융합체를 갖는 것과는 차원이 다르다. 군단을 아우르는 거대한 시스템이, 그동안 축적된 막대한 영적 자원을 통해서 라지알에게 세계의 운명을 좌우하는 어마어마한 권능을 부여하고 있었다.

지금의 라지알이 지닌 힘은 더 이상 개인의 권능이라 할 수 없다. 그의 권능이 곧 군단이다.

하지만 라지알이 손에 넣은 것은 그저 힘뿐이었다. 거대한 힘을 휘두를 수 있게 되었을 뿐, 군단에게 영원을 줄 수는 없었다. 그것은 오로지 진정한 왕에게만 가능한 일이니까.

〈완전한 왕이 되기 위해서는 군주 살해자가 가진 코어들을 빼앗아야 하는 건가.〉

"뿐만 아니라 기둥도."

나아가서는 구세록까지 빼앗음으로써 군단을 영원으로 이끌어야만 한다. 그것이 왕이 된 라지알이 짊어진 의무였다.

"어쩌면 우리는 이번 전쟁에서 이기고 나서도 침략 전쟁을 계속해야 할지도 모르지. 한 번, 혹은 두세 번."

원래대로라면 그럴 필요가 없었을 것이다. 군주 코어 7개, 성좌의 무기 7개, 그리고 온전히 안정된 세계를 구축하는 구세록 7개가 모이는 것만으로도 군단의 목표를 이룰 수 있었다.

하지만 제3세계와의 전쟁은 너무 많은 변수를 일으켰다. 그들이 대전제로 삼고 있던 규칙들이 무너지면서, 절대로 있을 수 없던 손실을 여러 차례 겪었다.

이 시점에서 라지알이 왕이 된 것은 야심을 이룬 결과가 아니었다. 군단의 생존을 위한 어쩔 수 없는 선택이었다.

이런 손실을 메꾸기 위해서는 몇 번 더 다른 세계와 전쟁을 치러서 영적 자원을 수확해야 할지도 모른다. 하지만 이 상황만 타파할 수 있다면 그런 전쟁은 백 번이라도 치러줄 의향이 있었다.

〈왜 나를 살려둔 거지?〉

라지알이 에우라스의 의지를 추출하는 과정은 대단히 번거로웠다. 또한 그 자신이 에우라스에게 역습당할 위험을 감수하는 일이기도 했다.

라지알이 씩 웃었다.

"혹시 굴욕적으로 살아남기보다는 명예롭게 죽길 바란 건가?"

〈……〉

"나는 아직 할 일이 남았다. 가능한 모든 권능을 활성화시켜야 해. 내가 불완전한 왕이기에 가능한 것과 불가능한 것을 찾아서 고르고, 일일이 활성화하는 과정이 필요하다. 그동안 에우라스, 너는 제3세계를 공격해 줬으면 한다."

〈뭐라고? 어째서지?〉

"시간을 벌기 위해서다."

〈시간?〉

"우리와 놈들, 둘 중 누가 공격권을 가질 것인가를 정하는 시간."

라지알이 눈을 빛냈다.

"이 순간에도 장벽이 빠르게 무너지는 게 느껴진다. 하지만 완전히 무너지기까지는 시간이 걸리지."

지구를 수호하는 장벽이 완전히 무너지는 순간이 바로 군단이 총공세를 퍼붓는 순간이다.

그전에도 공격은 가능하지만 제약을 완전히 무시할 수 없다. 그리고 막대한 영적 자원을 손해 보게 된다.

왕이 탄생했음에도 아직 그 권능의 근본이 될 무한의 힘이 갖춰지지 않은 지금, 군단이 축적한 영적 자원은 함부로 낭비해서는 안 되었다. 최초로 융합체를 만들어낸 이레귤러, 군주 살해자 서용우의 힘은 예측 불허였으니까.

따라서 라지알은 시시각각 다가오는 총공세의 타이밍까지 모든 준비를 완료할 생각이었다.

"놈들 역시 그 순간을 노리고 있겠지. 그러니까 흔들어줘야 하는 거다. 놈들이 남은 시간 동안 완벽한 준비를 하지 못하도록."

〈그게 무슨 의미가 있나?〉

"왜 의미가 없다고 생각하지?"

〈어차피 군단의 승리는 정해졌다. 구세록의 제약이 무너지고, 네가 왕이 된 시점에서 군단의 승리는 확정된 것이나 마찬가지.〉

에우라스는 왕이 된 라지알의 힘을 느낄 수 있었다. 융합체를 이용해서 자신을 쓰러뜨릴 때와는 비교도 안 될 정도로 강해졌다.

〈우리가 쳐들어가서 놈들을 죽이는 것과, 왕의 섬으로 쳐들어온 놈들을 죽이는 것. 두 가지 경우의 승률이 차이가 난다고? 그럴 리가 없지 않은가?〉

전자는 압도적인 머릿수로 지구 전역을 동시에 타격할 수 있다. 군주 살해자가 뭘 해보기도 전에 지구 인류를 멸망시키고 막대한 영적 자원을 수급할 수 있는 것이다. 그리고 확고한 수적, 자원적 우위를 바탕으로 군주 살해자를 죽여 버리면 그만이다.

후자는 본진의 특성을 십분 활용해서 유리한 싸움을 할 수 있다. 전장이 한정되는 만큼 머릿수의 차이를 살리기는 힘들다. 하지만 활성화된 왕의 섬의 기능으로 군주 살해자를 압박하면서 서서히 말려 죽일 수 있으리라. 그리고 군주 살해자만 죽이면 제3세계를 멸망시키는 것은 어렵지 않은 일이다.

양쪽 다 군단의 승리에는 흔들림이 없다. 그런데 왜 라지알은 굳이 전장을 고르는 것에 집착하는 것일까?

"군주 살해자 때문이지."

〈무슨 뜻이지?〉

"그는 나보다 많은 군주 코어를 갖고 있을 뿐만 아니라 기둥까지 갖고 있다."

즉 서용우는 라지알보다 왕의 조건을 더 충실하게 갖추고 있는 것이다.

"그가 왕의 섬에 침입해 올 경우, 과연 내 왕좌에는 아무런 이상이 없을까?"

〈네가 왕이 된 것 자체가, 시스템이 유연성을 발휘한 결과. 그렇다면 그 유연성이 혼선을 빚을 가능성이 있다는 건가?〉

"그래. 물론 군주 살해자는 군단의 일원이 아니니 걱정할 문제가 아닐지도 모른다. 하지만 만약 군주 살해자가 융합체를 비연이에게 준다면?"

이비연은 타락체의 비술을 깨고 인간으로 돌아갔다. 하지만 그런다고 그녀가 군단의 일원이었던 과거를 지워 버릴 수 있는 것은 아니었다. 그런 그녀가 라지알보다 완성도 높은 융합체를 갖고 왕의 섬에 진입하면 어떻게 될까?

"왕을 결정하는 시스템의 의지는 대화 가능한 지성이 아니야. 조건의 디테일 때문에 혼선을 빚을 수도 있다."

그야말로 만에 하나의 가능성. 하지만 라지알 입장에서는 확실히 우려할 수밖에 없는 가능성이었다. 돌다리도 두드려보고 건너야 할 사안이니까.

〈그렇군. 그런 이유 때문에 나보고 죽으러 가라는 거군.〉

"부정하진 않겠다."

〈…….〉

"하지만 살길이 없는 것은 아니지. 제3세계를 파괴하여 영적 자원을 수급하고, 놈들에게서 군주 코어와 기둥을 빼앗으면 너는 다시금 군주의 위(位)를 되찾을 것이다. 그리고 빈손으로 보내진 않겠어."

이 공격은 지구를 흔들어놓기 위한 견제이며, 또한 탐색전이기도 하다. 그 중요성이 큰 만큼 라지알은 충분한 전략 자원을 투자할 생각이었다.

"네게 최대한 생전에 가까운 힘을 발휘할 수 있는 몸을 주마."

〈뭐? 그런 게 가능한가?〉

"왕의 권능이라면 가능하지. 혼돈을 소재로 너를 위한 특별한 몸을 만들어주지."

몬스터가 되라는 뜻이었다. 하지만 왕의 권능이라면 기존에 설계된 규격에 해당하지 않는, 군주의 격에 걸맞은 특수한 몬스터를 만들 수도 있었다.

"9등급 몬스터 따위와는 비교도 안 되는 육체를 만들어주마. 사상 최대급의 게이트가 열릴 것이다."

라지알이 잔혹하게 웃었다.

얼마 후, 그가 말한 대로 사상 최대급의 게이트가 열렸다.

하지만 그것은……

*　　　*　　　*

군단의 대공세 이후 나흘째.

지구는 여전히 혼란에 휩싸여 있었다. 그런 가운데 전 세계를 공포에 빠뜨리는 대형 사건이 터졌다.

팀 섀도우리스에 의해 한번 정화되었던 바다 한복판의 재해 지역, 괌.

그곳에 사상 초유의 초대형 게이트가 발생했던 것이다.

"120미터급이라……"

용우가 씩 웃었다.

"역시 이런 식으로 나오는군."

100미터를 넘는 게이트는 역사상 단 한 번도 출현한 바 없었다.

9등급 몬스터가 등장한 게이트들조차도 90미터급, 95미터급이었다.

그런데 갑자기 120미터급이라니.

전 세계가 패닉에 빠졌지만, 용우는 너무나 얄팍한 수작이라고 생각했다.

"성의는 고맙지만 서포트는 필요 없어."

미국이 서포트 지원을 제안했지만, 용우는 거절했다.

팀 섀도우리스만으로 처리하겠다.

그 의사를 명확히 한 것이다. 당연히 그에 반대하는 목소리는 없었다.

미국도 자국의 게이트 재해를 처리하고, 혼란을 수습하는 것만으로도 숨넘어갈 지경이었으니까.

그리고 이제는 팀 섀도우리스의 힘이 보다 잘 알려져 있기 때문이기도 했다.

그들은 도버 해협에서 9등급 몬스터 폭풍용을 처리했고, 전 세계를 수호할 35명의 초인을 탄생시켜 준 집단이다.

그 힘은 의심할 여지 없는 지구 최강. 단순한 집단이 아니라 국가 단위로 봐도 감히 그들과 필적할 수 있는 존재가 없다.

모두가 그 사실을 인정하고 두려워하고 있었다.

'승리한 후의 일이라⋯⋯.'

용우는 브리짓의 걱정을 알 수 있었다. 그리고 그것은 그녀만의 걱정이 아닐 것이다.

'모두 내가 사라져 주길 바라겠지. 자신을 희생해서 인류를 구한 영웅, 그런 게 입맛에 맞지 않겠어?'

인류의 존망이 걸린 급박한 상황이라 실체를 너무 적나라하게 드러내고 말았다. 인류 사회의 수뇌부라 할 수 있는 이들은 팀 섀도우리스가 재앙보다도 더 무서운, 통제 불가능한 존재임을 알게 된 것이다.

'인류의 신이 될 생각 따위 없어.'

용우가 바라는 것은 인간 사회의 일원으로 적당히 잘 살아가는 것이었으니까.

하지만 만약 자신을 배척하고 제거하려는 움직임이 보인다면 참지 않을 것이다. 그렇게 되면 인류는 아주 값비싼 수업료를 치르게 되리라.

'뭐, 일단은 지구를 구한 뒤의 일인가.'

*　　　　*　　　　*

에우라스는 눈을 떴을 때, 그는 괴물이 되어 있었다.

군단의 세계를 침식하는 혼돈을 소재로 빚어낸 그릇.

라지알이 손에 넣은 왕의 권능으로 디자인된 그 육체는 기존에 존재했던 몬스터들과는 전혀 달랐다. 지금까지 한 번도 존재하지 않았던 새로운 몬스터였다.

〈크큭, 이런 몸인가. 확실히 지금의 내게는 사치스럽군.〉

에우라스의 몸은 생명체가 아니라 에너지 덩어리였다. 끓어오르는 뇌전으로 그려낸, 인간형 실루엣이다.

특이하게도 그의 몸에는 두 개의 코어가 존재하고 있었다.

지구에서 강탈한 아티팩트 굉음의 도끼.

그리고 왕의 권능으로 설계된, 새로운 뇌전 코어.

그 결과 에우라스는 본래 자신의 것이었던 뇌전의 권능과 소우바의 것이었던 굉음의 권능을 양쪽 모두 다룰 수 있었다.

마력도 지구에 등장한 모든 존재를 통틀어 최강이었다. 군단의 영적 자원이 대량으로 투입한 왕의 권능으로 9등급 몬스터를 훨씬 능가하는 마력이 주어졌다.

당장 이 게이트에는 강력한 존재들이 즐비하다.

중국을 갈라놓은 재앙. 9등급 몬스터 랜드스타가 있지만, 얌전히 에우라스에게 복종 의지를 보인다.

그리고 그보다 더 강력한 존재들도 있었다.

〈아직 기회는 있습니다, 군주시여.〉

에우라스와 똑같은 꼴이 되어 투입된 언데드들이었다.

라지알이 왕의 권좌에 앉았음에도 그에게 복종하기를 거부한 에우라스의 공신 6명. 라지알은 그들을 에우라스와 마찬가지로 혼돈의 소재로 빚어낸 그릇에 담아서 투입했다. 그리고 그들의 힘도 9등급 몬스터를 능가하고 있었다.

〈이상하군.〉

눈을 뜬 지 얼마나 되었을까?

에우라스는 뭔가 계획이 어긋났음을 느끼고 있었다.

라지알이 의도한 대로라면 그가 있는 초대형 게이트는 제3세계의 인류가 방치한 재해 지역에 열렸을 것이다.

그렇다면 열리고 얼마 안 되어서 그 지역에 수두룩한 코어 몬스터 중 하나와 접촉, 게이트 브레이크가 일어났어야 했다.

지금까지 군단이 그런 환경을 몇 번이고 이용해 왔지 않던가?

그런데 에우라스가 눈뜨고 두 시간이 지났는데도 게이트 브레이크가 일어나지 않는다.

'무슨 문제가 터진 거지?'

2

괌.

과거에는 남국의 파라다이스로 불렸던, 바다 한복판의 섬.

오랫동안 재해 지역으로 방치되어 있던 그 섬이 팀 섀도우리스에 의해 정화된 지 아직 채 한 달도 지나지 않았다.

하지만 그동안 또 한 번의 게이트 브레이크가 일어나면서 다수의 몬스터가 섬에 풀렸고, 팀 섀도우리스는 그것들을 말끔하게 청소했다.

바로 어제의 일이었다.

"미리 대비하지 않았다면 위험했을 수도 있겠네요."

유현애가 혀를 내둘렀다.

전 세계에서 35명을 선택해서 성좌의 힘을 나눠준 팀 섀도우리스는 군단과의 결전을 준비하고 있었다. 120미터급 게이트가 괌에 열린 것은 그렇게 준비한 덕분이었다.

"놈들은 아마 재해 지역 중 하나를 노렸겠지."

군단은 영적 자원을 소모하여 게이트 발생 위치를 뜻대로 설정할 수 있다. 오차 범위가 있다고는 하지만 재해 지역에 여는 데 성공했다면 금방 게이트 브레이크가 일어났을 터.

용우와 이비연은 그런 상황에 대비했다.

꽘을 한 번 더 청소해서 몬스터가 없는 청정 지역으로 만든 뒤, 일정 규모 이상의 게이트는 무조건 꽘에 열리도록 만든 것이다.

그것은 용우와 이비연이 구세록을 장악했기에 가능한 일이었다.

구세록을 장악함으로써 얻은 것은 단지 성좌의 무기에 걸려 있던 제약을 풀고, 영적 자원을 활용할 수 있게 된 것에 그치지 않았다.

이 전쟁에서 지구 인류와 종말의 군단은 당사자의 입장이다. 서로 싸워서 한쪽이 살아남는 싸움을 하고 있는 중이다.

구세록의 초월권족은 한발 물러나서 두 세력의 전쟁을 관측하고 조율하는, 운영자의 입장이었다.

즉 서용우와 이비연은 구세록을 장악함으로써 이 전쟁의 운영권을 손에 넣은 것이다.

"그럼 놈들이 보낸 깜짝 상자에는 뭐가 들어 있는지 볼까?"

용우는 구세록의 권능으로 꽘에 열린 120미터급 게이트 안을 훤히 들여다보며 웃었다.

그 시각, 군단에도 이변이 일어나고 있었다.

　　　　*　　　　　*　　　　　*

왕의 섬 허공에 새카만 구멍이 발생했다.

지구인에게는 익숙한 현상이었다.

게이트.

그렇게 불리는 현상이 지구가 아닌 군단의 세계에 발생한 것이다.

"이 단계에서? 그럴 리가?"

이 사실에는 라지알도 동요하지 않을 수 없었다.

군단의 세계에 게이트를 여는 것이 불가능한 일은 아니었다.

또한 처음 일어난 일도 아니었다. 제1세계와의 전쟁 막바지, 그리고 제2세계와의 전쟁 종국에 벌어졌던 일이다.

하지만 이 타이밍에는 불가능했다. 전쟁의 최종 단계, 즉 12번째 문이 열린 후에나 벌어질 수 있었다. 성좌의 무기를 가진 기둥의 제물들, 그들에게 허락된 구세록의 권능 그 마지막 장에 해당하는 것들이었으니까.

'아니, 실제로 일어난 일이다. 눈앞의 현실을 부정해 봤자 소용없어.'

라지알은 침착함을 되찾았다.

왕의 섬에 열리는 게이트는 한둘이 아니었다. 순식간에

70개의 게이트가 열렸고, 계속 추가되고 있었다.

그렇게 열리는 게이트들은 하나하나의 규모도 컸다. 작게는 지름 50미터급부터, 크게는 지름 80미터에 달하는 것까지 있었다.

그 게이트들을 가만히 살피던 라지알은 원인을 깨달았다.

'그렇군. 기둥의 제물이 사라짐으로써 장벽이 약해지듯이, 종말의 군주가 사라짐으로써 우리의 장벽도 약해진 건가?'

초월권족이 군단에 건 '거울상의 저주'는 한쪽만 일방적으로 이득을 보는 구조가 아니었다. 비록 초월권족이 침략 대상이 되는 세계를 교묘하게 끌어들여 한발 물러난 입장에서 이득을 얻긴 하지만, 제약 자체를 뛰어넘진 못한다.

'하지만 구세록 놈들이 이렇게 적극적으로 나설 놈들이 아닌데?'

라지알은 타락체가 되지 않았다면 그들의 일원이 되었을 인물이었다. 초월권족으로서의 신분은 누구에게도 꿀리지 않았으니까.

그렇기에 라지알은 구세록의 초월권족이 얼마나 음습한 존재인지도 알고 있었다. 감정이 거세된 과거의 기억, 그리고 제2세계와의 전쟁 때의 경험으로 볼 때 구세록의 초월권족은 이런 짓을 할 놈들이 아니다.

'놈들이라면 제3세계를 더욱 불리하게 만들고, 군주 살해자를 궁지로 몰고 싶을 것이다.'

그럼으로써 서용우가 가진 융합체를 강탈하려 시도하는 것이, 구세록의 초월권족이 할 법한 짓이었다.

'설마…….'

거기까지 생각한 라지알은 한 가지 가능성을 떠올리고 아연해졌다.

'놈들이 이미 그런 짓을 저질렀고, 역으로 군주 살해자에게 당했다면?'

있을 수 없는 일이다. 하지만 서용우는 이미 불가능하다고 여겨지던 일을 몇 번이나 해냈다. 불멸의 존재라 믿었던 군주를 사냥하고, 융합체라는 사상 초유의 기적을 만들어내지 않았는가?

그가 자신에게 수작을 부리는 구세록의 초월권족을 추적해서 박살 냈다면, 그럴 수도 있겠다는 생각이 들었다.

"하."

그렇게 생각하자 기가 막혔다.

구세록의 초월권족은 오랫동안 군단의 숙적이었다.

군단은 제2세계, 제3세계와 전쟁을 벌이면서도 그들을 약탈 대상으로 볼뿐, 진정한 적수로 여기지 않았다. 군단의 적의는 언제나 배후에서 야비한 웃음을 짓고 있을 구세록의 초월권족에게 향해 있었다.

'이 게임의 플레이어는 우리들이라고 생각했다.'

제2세계도, 제3세계도 전쟁에 바쳐진 제물일 뿐이었다. 그들은 그렇게 생각했다.

그런데 서용우는 그 생각이 얼마나 오만한 착각이었는지를 증명하고 있었다.

스스로 영웅서사의 주인공이라 믿어 의심치 않았던 군주들을 차례차례 사냥하고, 그들의 진정한 적수였던 구세록의 초월권족까지 쓰러뜨렸다.

그들은 오랫동안 고대한 클라이맥스까지 도달하지도 못하고 갑자기 튀어나온 존재에게 죽음을 맞이한 것이다.

'모두가 틀렸군.'

라지알은 자신이 웃고 있다는 사실을 깨달았다.

타락체가 되면서 라지알은 과거를 잃었다. 라지알이라 불렸던 존재의 자아, 그 바탕이 되는 마음을 거세당하고, 오로지 기록만을 가진 공허한 존재로 거듭났다.

모든 타락체는 존재를 실감할 기회에 목말라 있었다.

자신이 누구인지 안다. 하지만 동시에 누구인지 모른다.

과거에 무엇이었던 존재인지 알지만, 그 존재가 어떤 마음을 품은 누구였는지 알 수가 없다. 자신을 알던 타인보다도 얄팍한 이해만이 가능할 뿐이다.

마음이 거세된 기록 위에서 태어난 의지는 공허했다. 타락체는 모두 자신의 의지가 만들어진 것임을 알고 있었으니까. 게다가 타락체의 비술로 각인되는 그 의지는, 대량생산되는 공산품과 다를 것이 없다.

그렇기에 라지알은 자신을 부외자로 생각해 왔다.

그가 주역이었던 시절은 타락체가 되기 전까지였다. 라지알의 이야기는 타락체가 되는 비극적인 엔딩으로 끝났다.

타락체 라지알은 이미 끝나 버린 이야기의 부스러기 같은 것이다. 우주를 가로지르는 거대한 서사시의 주인공은 정해져 있었다.

파멸적이기까지 한 집착과 의지로 영원을 향해 걸어가는 자들, 종말의 7군주.

라지알은 탁월한 능력으로 그들과 어깨를 나란히 하면서 왕위계승권자로 인정받았다. 하지만 굳이 그들을 제치고 왕이 될 생각은 없었다.

군주들이 하나둘 죽어 나가면서 군단의 존망이 위태로워지기 전까지만 해도, 진심으로 그렇게 생각했다.

'이야기는 새로운 국면에 접어들었고.'

라지알의 눈이 왕의 섬에 열리는 게이트들로 향했다.

'더 이상 나는 조연에 머무를 수 없는 몸이 되었다.'

운명이 그를 선택했다. 라지알은 그 사실에 가슴에 뛰었다.

이 운명의 끝이 무엇일지는 모른다. 이겨서 모든 것을 쟁취할지, 아니면 패해서 파멸할지…….

하지만 결과는 부차적인 문제였다. 그에게는 지금 이 순간이 소중했다.

이미 끝나 버린 이야기의 부스러기가 아니다. 그는 어느 순간부터 자신이 살아 있음을 실감하고 있었다.

'언제부터였지?'

이비연이 과거의 자아를 되찾고 배신했을 때부터일까?

아니면 세 군주를 배신함으로써, 과거의 자신이 품었던 죄책감을 이해하면서부터였을까?

어느새 그는 운명의 주역이 되어 있었다. 눈앞의 현실에 맞서 혼신의 힘을 다해야 하는 입장에 놓인 것이다.

'좋군.'

라지알은 그 사실에 환희를 느꼈다.

지금 이 순간 다양한 감정이 소용돌이치고 있었다. 죄책감이 가슴을 짓누르고, 불안과 두려움이 심장을 움켜쥐었다.

그러나 그 모든 감정을 압도하는 흥분이 샘솟는다.

'진짜 왕이 되어주마.'

이제부터의 싸움은 단순히 생존을 위한 것이 아니다. 진실된 갈망이 라지알의 가슴을 태우기 시작했다.

*　　　*　　　*

예전에 애비게일 카르타는 한 가지 추측을 내놓았다.

군단이 지구에 하듯이, 지구에서도 군단의 세계에 게이트 재해를 신사해 줄 수 있지 않을까?

결론적으로 그 추측은 진실을 짚고 있었다. 구세록에는 그런 권능이 존재했던 것이다.

본래대로라면 이 시점에 쓸 수 있는 권능이 아니었다. 하지만 군주들이 죽음으로써 가능해졌다.

'억만 번 죽여도 모자랄 것들.'

이 또한 용우가 군주를 사냥함으로써 인류가 얻는 이득이다. 하지만 구세록의 초월권족은 그 이득을 인류에게 알려줄 생각이 전혀 없었다.

'놈들을 먼저 처리하지 않았다면 어떤 식으로 뒤통수를 맞았을지 모르지.'

용우는 결전에 앞서 구세록의 초월권족을 친 자신의 선택이 옳았다고 확신했다.

그럼에도 가슴속 한구석에는 죄책감이 자리하고 있었다.

자신이 다른 선택을 했다면, 하다못해 구세록의 초월권족을 제거하는 타이밍을 조금만 늦췄어도, 권희수를 살릴 수 있지 않았을까?

'부질없군. 정말로……'

과거에 무수히 반복해 온 과정이다. 그 허무함을 잘 알면서도 용우는 뇌리 한구석을 스쳐가는 생각을 지울 수 없었다.

'당신은 인류에게 과분한 사람이었어.'

용우는 마음속으로 권희수에게 경의를 표했다.

'그러니까 당신이 남긴 것을 쓸모없게 만들진 않는다. 적어도 내 승리가 당신의 넋을 달랠 수 있기를.'

권희수는 바라고 있었다. 자신의 삶을 파괴한 이 모든 재앙을 끝낼 수 있기를.

용우는 그 바람을 현실로 만들어줄 것이다.

'서로 타이밍을 원하는 것은 마찬가지.'

용우은 군단의 수뇌 역시 자신과 똑같이 생각하고 있다고 보았다.

이제 전쟁은 최종 국면에 접어들었다. 이제 장기적 전략은 의미가 없고, 단 한 번의 결전으로 모든 게 결정될 것이다.

군단의 수뇌는 이 사실을 잘 알고 있었다. 그들이 펼친 대공세의 목적은 지구 전역에 타격을 입힘으로써 용우 일행이 그것을 수습하느라 시간을 낭비하게 만드는 것이었다.

최종 결전에서 누가 공격권을 가질 것인가?

그럼으로써 전장을 선택하는 것은 어느 쪽인가?

이 시점에서 이 화두는 양자 모두에게 너무나 중요했다.

'이미 기습으로 한번 재미를 봤으니, 또 한 번 흔들러 올 줄 알았다.'

군단의 상황은 알 수 없다. 어쩌면 자신이 예상하는 것보다 훨씬 나쁜 일이 그들에게 일어났을지도 모른다.

하지만 용우는 굳이 긍정적인 가능성에 기대하지 않았다.

'흔들기는 너희들만 할 수 있는 게 아니란 걸 보여주지.'

용우는 왕의 섬을 지정해서 무수한 게이트를 열었다.

하지만 그 게이트에는 몬스터가 없다. 구세록의 초월권족은 몬스터를 생산하지 않았으니까. 안정된 정보세계에서 머무르던 그들은 혼돈의 침식을 걱정하지 않았기에 몬스터를 생산할 소재도 얻지 못했던 것이다.

'우리가 가는 것도 제한이 심한 것은 마찬가지. 안 하느니만 못하다.'

군주와 언데드가 게이트를 통해 침략해 오는데 제약이 있듯, 팀 섀도우리스가 게이트를 통해 군단의 세계로 가는 것도 똑같은 제약이 있었다.

그들은 성좌의 힘을 쓰는 존재이기 때문이었다. 구세록에 축적된 영적 자원을 소모하면 어느 정도 힘을 쓸 수 있지만, 용우는 그럴 가치를 느끼지 못했다.

무엇보다 구세록을 손에 넣은 지금, 그에게는 아주 훌륭한 대체재가 존재했기 때문이다.

＊　　　＊　　　＊

군단은 왕의 섬에 열린 무수한 게이트 안에 뭐가 있을지 추측할 수 없었다.

지구 인류는 발달한 기계문명으로 강력한 정찰 기술과 통신 기술을 확립했다. 게이트 내부와 외부를 유선 케이블로 연결해서 실시간으로 정보를 주고받는 게 가능한 것이다.

하지만 그것은 지구 인류에게만 가능한 일이었다.

제2세계의 인류도, 그리고 군단에게도 그런 기술은 없었다.

그렇기에 그들은 정석적인 방법을 썼다. 병력을 나눠서 모든 게이트에 진입시킨 것이다.

그 결과, 그들은 게이트의 내용물을 알아낼 수 있었다.

"하하, 기가 막히는군. 구세록 놈들, 저토록 많은 골렘을 비축해 놓고 있었던 건가?"

게이트 안에는 몬스터 대신 골렘이 가득했다. 구세록의 초월권족이 비축해 둔 갖가지 골렘이 투입된 것이다.

〈시간 낭비입니다. 상대하지 않는 게 현명하다고 생각합니다.〉

고위 언데드가 의견을 냈다.

라지알은 군단을 장악하는 데 성공했다. 세 군주를 배신해서 없애 버린 그에게 반발하는 목소리도 있었지만, 왕의 권능이 발동되자 누구도 그에게 맞설 수 없었던 것이다.

결국 군단의 고위층은 라지알이 왕임을 받아들였다. 그것 말고 다른 길이 없다는 사실을 이해했기 때문이다.

〈게이트 브레이크가 일어나서 저 골렘들이 쏟아져 나온다 한들 별 위협이 되지 않을 겁니다.〉

골렘의 마력은 6등급 몬스터에서 8등급 몬스터 수준이며, 전투 능력도 몬스터와 비슷하다. 지구 인류가 상대라면 모를까, 군단에게는 별 위협이 되지 못한다.

"그렇겠지. 하지만 그게 전부일까?"

〈함정을 우려하시는 겁니까?〉

"그래. 게이트 브레이크가 되어서 튀어나왔을 때, 우리에게 타격을 입힐 수 있는 뭔가를 감추고 있을 가능성이 있지 않겠나?"

어디까지나 가능성일 뿐이다. 하지만 그 가능성을 배제할 수는 없었다.

"상대는 다름 아닌 군주 살해자다. 바늘구멍만 한 빈틈도 있어서는 안 돼."

〈알겠습니다.〉

군주 살해자 서용우는 군단 모두가 두려워하는 존재였다. 두려워할 수밖에 없는 위업을 남겼기에 더 이상 라지알의 뜻을 말리는 이가 없었다.

"병력 손실을 최소화하면서, 최대한 빠르게 게이트를 제거한다."

지금까지 지구 인류가 군단과 그럭저럭 싸울 수 있었던 것은 어디까지나 구세록의 제약이 존재했기 때문이다.

구세록의 제약이 사라지는 순간, 군단의 승률은 절대적으로 상승한다.

왜냐하면…….

"어차피 게이트 공략에 충분한 병력을 투입한다 해도, 새

발의 피일 뿐. 놈들 개개인이 아무리 강하다 해도 이 압도적인 병력 차 앞에서는 어쩔 수 없지."

군단원 모두가 왕의 섬에 집결한 지금, 그 수는 무려 71만 7,467명.

전쟁을 거듭할수록 군단의 병력은 꾸준히 줄어들고 있었다. 게다가 최근에는 크나큰 손실이 추가되기까지 했다.

하스라가 죽을 때, 그의 영지를 거주지로 삼았던 병력 상당수가 죽었다.

볼더가 죽을 때, 그의 영지에 존재했던 모든 병력이 몰살당했다.

거기에 서용우가 왕의 섬에 침투해 왔을 때 또 상당한 숫자의 병력이 살해당했다.

하지만 그럼에도 아직 군단에는 수십만의 병력이 남아 있었다. 이 정도 병력이 있기에 지금까지, 그리고 앞으로도 계속 대전쟁을 수행하겠다고 할 수 있었던 것이다.

"게이트 공략이 끝나건 끝나지 않건 상관없다. 우리는 때가 오면 총공세를 가할 것이다."

지금까지 서용우에게 기습당했을 때와는 상황이 완전히 다르다.

강력한 권능을 지닌 소수의 적을 상대할 준비를 완벽하게 갖춘 수십만의 언데드 대군. 이들은 최소한 지구의 최상위 각성자들을 능가하는 마력을 보유하고 있으며, 집단전에서는 그 힘을 하나로 엮을 수도 있었다.

'비연이가 있으니 우리의 전력을 모를 리가 없다.'

이비연이 정보를 제공했을 것이다. 그리고 서용우 본인도 몇 번이고 군단의 세계에 침투해서 학살전을 벌였으니 군단의 규모를 짐작했으리라.

'그런데도 과연 우리와 싸워 이길 답을 갖고 있을까?'

라지알은 진심으로 궁금했다.

3

기다림이 길어질수록 에우라스가 느끼는 불길함은 커져갔다.

어느 정도 편차가 있기는 하지만 기본적으로 게이트가 클수록 게이트 브레이크까지의 제한 시간도 길다. 에우라스가 있는 120미터급 게이트는 게이트 브레이크까지 150시간 이상의 여유가 있었다.

재해 지역의 특성을 이용한 게이트 브레이크가 실패할 경우, 이대로 게이트 안에서 시간만 보내다가 모든 게 끝날 수도 있다는 뜻이다. 결전의 때는 코앞에 다가와 있었기 때문이다.

그때였다.

'왔군.'

거대한 마력을 지닌 존재들이 게이트 안으로 진입해 오기 시작했다.

'성좌의 힘을 쓰는 자들.'

느껴진다. 그들이 품은 성좌의 힘이.

'군주 살해자와 벙어리 공주가 없다.'

하지만 진입자 중에는 가장 위협적인 두 명이 없었다.

'안도감을 느껴야 할지 아니면 아쉬움을 느껴야 할지 모르겠군.'

지금의 에우라스는 9등급 몬스터를 훨씬 능가하는 힘을 가졌다.

하지만 게이트라는 제한된 전장에서 서용우, 이비연과 맞붙는다면 승산은 전혀 없다. 얼마 버티지도 못하고 살해당할 것이다.

하지만 에우라스에게 주어진 실낱같은 활로는 서용우나 이비연을 격파하는 것이다.

그들이 가진 융합체를 손에 넣는다면 그는 다시금 군주로, 아니 그 이상의 존재로 거듭날 수 있으리라. 어쩌면 불완전한 왕인 라지알에게 도전할 수 있을지도 모른다.

'아니, 오히려 잘 된 건가? 라지알, 확실히 우리를 빈손으로 보내지는 않았군.'

순간 에우라스는 자신과 부하들에게 주어진 권능 한 가지를 깨닫고 놀랐다.

그는 다중코어를 가진 특별한 괴물이다. 그리고 그의 다중

코어는 수를 더 늘릴 수 있었다. 성좌의 무기나 군주 코어, 혹은 아티팩트를 손에 넣음으로써!

뿐만 아니다. 지금은 하나의 코어만을 가진 그의 부하 6명도 코어를 늘릴 수 있었다.

'아티팩트를 사냥한다.'

진입해 온 자는 6명이었고, 전원이 아티팩트 보유자들이었다.

에우라스가 저들을 격파하고 아티팩트를 강탈한다면, 어쩌면 뇌전의 군주였던 때를 능가할 수 있을지도 모른다.

'자, 와라. 사냥감들이여.'

그리고 팀 섀도우리스가 움직이기 시작했다.

*　　　　*　　　　*

곰의 120미터급 게이트에 진입한 것은 리사, 유현애, 이미나, 차준혁, 휴고, 브리짓 여섯 명이었다.

용우와 이비연은 만약의 경우에 대비해 게이트 밖에서 대기했다. 하지만 그들은 언제라도 게이트 안에 진입할 준비를 갖춘 채로 상황을 훤히 들여다보고 있었다.

"과연 게이트가 사상 최대급일 만하군."

구세록의 권능은 게이트 내부를 완벽하게 관측할 수 있게 해주었다.

그 권능은 예전에 계약자에게 제공되던 것 이상이었다. 게이트 내부에 어떤 몬스터가 있는지, 마력은 어느 수준인지, 코어 몬스터는 무엇인지까지 전부 데이터화해서 볼 수 있었다.

'이런 것 하나하나에서 놈들의 악의가 느껴지는군. 정말 꼼꼼하게도 사람 열받게 만드는 새끼들이야. 한번 숨 쉴 때마다 특권의식을 실감해야 직성이 풀리는 것들.'

구세록의 초월권족은 무엇 하나 완전한 형태로 제공해 주지 않았다. 별로 의미 없어 보이는 수준이라고 할지라도, 진정한 권능에서 뭔가를 덜어낸 다음 계약자에게 제공했다.

지구 인류 입장에서는 정말이지 이가 갈리는 진실이었다.

"확실히 연습은 되겠네."

이비연이 중얼거렸다.

적이 언제 총공세를 가해올지 알 수 없으니 이 게이트는 최대한 빨리 공략할 필요가 있다.

그런데도 굳이 용우나 이비연이 나서지 않은 것은 그만한 이유가 있었다. 일단 이비연은 지금도 다른 일로 바빠서이기도 했지만…….

"아주 적절한 연습 상대지. 어차피 지구에서는 전력으로 싸우기도 힘드니까."

게이트에 진입한 6명이, 새롭게 주어진 힘에 익숙해질 기회였기 때문이다.

"한 번이나마 제대로 연습해 볼 수 있고, 거기에 아티팩트

꿩은의 도끼까지 회수할 수 있으니 얼마나 좋아?"

용우의 눈이 빛났다.

*　　　*　　　*

〈음?〉

게이트 안에 진입해 온 팀 섀도우리스를 살핀 에우라스는
의아함을 느꼈다.

〈놈들의 모습이 이상하군. 왜 변신하지 않지?〉

그들이 성좌의 힘을 발휘하기 위해서는 셀레스티얼의 모습
으로 변신할 필요가 있었다. 그것이 군단이 파악한 사실이었
다.

하지만 지금은 6명 중 누구도 변신하지 않았다. 다들 M슈
트를 입고, 총기를 든 지극히 헌터다운 모습이었다.

부하가 말했다.

〈탐색하는 동안에는 힘을 아끼겠다는 수작이 아닐까요?〉

〈그럴 수도 있겠군. 제3세계의 인류는 탐색에 이상할 정도
로 공을 들이는 경향이 있었지.〉

에우라스는 그럴싸한 의견이라고 생각했다.

지구 인류는 게이트 공략 작전에 헌터를 투입하기 전, 탐색
에 굉장한 시간과 노력을 들이는 경향이 있었다.

이것은 지구 인류에게는 지극히 상식적인 전술 행동이다.

하지만 다른 세계의 상식으로 보면 그렇지 않았다. 지구 인류는 마력이 없는 대신 기계문명이 고도로 발달했기 때문에 그런 행동 패턴이 당연시되는 것이다.

〈지금이 기회일 수도 있습니다. 놈들이 변신하기 전에 쳐서 한두 놈쯤 없애버리면 어떻겠습니까?〉

〈좋다. 방심의 대가를 알려주어라. 전원 한 놈씩 맡아서 공격하도록.〉

에우라스의 승인이 떨어지자 부하들이 웃었다.

그들의 모습도 에우라스와 마찬가지로 인간을 닮은 빛의 실루엣이었다. 그들이 얼굴에 눈코입의 형상을 만들어서 웃는 모습은, 마치 어린아이의 낙서처럼 보여서 기괴하기 짝이 없었다.

그리고 6명의 언데드가 일제히 텔레포트해서 팀 섀도우리스를 기습했다.

쾅!

폭음이 울려 퍼졌다.

〈커억……!〉

그리고 기습한 언데드의 비명이 울려 퍼졌다.

아티팩트 광휘의 검을 든 차준혁이 자신을 기습한 언데드에게 역습을 가했기 때문이다.

"오만하군. 일대일로 기습하면 충분하다고 생각했나?"

헬멧 안에서 그가 싸늘하게 중얼거렸다.

동시에 그의 손에 마술처럼 소총 한 자루가 나타났다.

콰아아앙!

에너지탄이 발사되면서, 강대한 마력의 반동을 버티지 못한 소총이 박살 났다.

하지만 그만큼 강력한 위력으로 발사된 에너지탄이 언데드를 강타했다.

〈카아아아악!〉

일격에 허공장을 관통당한 언데드가 비명을 질렀다.

〈어, 어떻게 이런 위력을? 설마 환영? 아니, 그럴 리가…….〉

언데드가 당황했다. 기습을 완벽하게 예상한 차준혁의 공격력이 두려울 정도로 강했기 때문이다.

아무리 괴물의 몸으로 내던져졌다지만 9등급 몬스터를 능가하는 마력을 지닌 그에게 단 두 번의 공격으로 이런 타격을 입히다니?

먼저 떠오른 가능성은 차준혁이 이미 변신을 완료한 채로, 환영을 써서 자신을 속여 넘겼을 경우였다. 하지만 환영을 간파하는 스펠을 펼쳐봐도 차준혁은 변신하지 않은 채였다.

"괴상하군. 9등급 몬스터보다도 강력한 괴물이라. 타락체도 아니고, 특수 지휘관 개체도 아닌 것 같은데 이번에는 또 뭐지?"

차준혁은 대답 대신 질문을 던졌다. 물론 진짜 궁금해서 물어본 게 아니라 언데드를 조롱하기 위함이었다.

〈이놈······!〉

언데드가 분노해서 뛰어들었다.

에너지체인 그는 부상을 입어도 신체 결손이 일어나지 않는다. 코어를 직격당해 파괴당하지 않는 한, 마력만을 손실할 뿐이다.

그렇기에 그는 뇌리에 각인된 고통을 금방 떨쳐 버리고 공격을 가할 수 있었다.

투콰콰콰콰!

비록 이런 몰골이 되었다지만 그는 본래 군주를 가까이서 섬기던 최정예 언데드였다. 다종다양한 스펠을 활용하는 탁월한 전투 기술이 펼쳐지기 시작했다.

"처음부터 그랬어야지."

하지만 차준혁은 그 모든 공격을 수월하게 받아내고 있었다.

〈예지능력인가? 그 알량한 능력을 믿고 있다면······.〉

언데드는 자신의 공격을 방어하는 차준혁의 움직임만으로도 그 사실을 간파했다. 그가 곧바로 전술을 대(對)예지능력자용으로 바꾸는 순간이었다.

쾅!

섬광이 그의 몸을 꿰뚫었다.

〈크악!〉

그가 거리를 벌리자마자, 차준혁이 아공간에서 대구경 권총을 꺼내서 사격을 가했기 때문이다.

쾅!

그것도 한 발로 끝나지 않았다.

쾅! 쾅! 쾅!

한 발 쏘고, 망가진 권총을 버린다. 그리고 곧바로 새 권총을 꺼내서 또 한 발 쏘고, 망가진 권총을 버린다.

아무리 대구경 권총이라지만 소총보다는 증폭탄두의 용량이 적다. 그만큼 발사되는 에너지탄의 위력도 약할 수밖에 없었다.

하지만 대신 소총보다 신속하게 사격을 가할 수 있었다.

〈크윽, 으윽…….〉

언데드가 신음했다.

그 역시 뛰어난 전투 기술을 가진 자였다. 초탄은 허를 찔려서 맞았지만, 그다음부터는 철저하게 방어했다.

하지만 그 과정에서 그는 오싹한 사실 한 가지를 깨달았다.

〈네놈, 어떻게 그런 마력을……!〉

차준혁의 마력은 그를 능가하는 수준이었다.

그런데 증폭탄두를 이용해서 사격을 가했으니 언데드의 허공장이 일격에 꿰뚫리는 것도 당연했다.

"한때는 내가 마력만 강해지면 무적일 거라고 생각했던 적도 있었는데……."

차준혁은 피식 웃었다. 예전에는 예지능력을 절대적으로 신뢰했다. 지금은 필요할 때 이용해 먹는 무기로 인식하고 있지만 말이다.

지금의 그는 구세록의 계약자였던 때보다 더 강해졌다. 그만이 아니라 팀 새도우리스 전원이 그랬다.

그렇지 않았다면 서용우는 그들을 결전에 투입할 주요 전력으로 생각하지 않았을 것이다.

아무리 개개인의 전투 기술이 뛰어나다 해도 8, 9등급 몬스터 수준의 마력으로는 한계가 분명했다.

'절대적인 머릿수 격차를 극복하는 답은 압도적인 화력뿐.'

적은 수십만 대군이다.

그럼에도 서용우가 팀 새도우리스를 주요 전력으로 생각한 것은, 팀원 개개인의 힘을 강화할 방법이 있기 때문이었다.

지금 차준혁은 아직 전력을 다한 것도 아니다.

구세록의 제약이 풀리면서, 그들이 끌어낼 수 있는 마력이 9등급 몬스터 수준으로 올라갔다. 심지어 더 이상 셀레스티얼로 변신할 필요도 없이 그 힘을 쓸 수 있게 되어서 장비 활용의 폭이 넓어지기까지 했다.

"시간 없다. 빨리 끝내자."

차준혁이 검을 들지 않은 손을 들어 올렸다. 그러자 M슈트의 건틀릿 파츠 안쪽에서 강력한 마력 파동이 발생했다.

〈아니?!〉

무슨 일이 벌어졌는지 파악한 언데드가 놀랐다.

차준혁이 M슈트 안쪽의 맨몸에 장착하고 있는 팔찌, 반지, 목걸이 그리고 벨트 등등이 강력한 마력 파동을 발하고 있었다. 그러자 차준혁의 마력이 폭증하는 게 아닌가?

서용우와 이비연이 구세록의 초월권족을 몰살시키고 노획한 아티팩트급 장비들이었다.

*   *   *

휴고는 차준혁처럼 시간을 오래 끌지 않았다.

"다들 너무 느려."

6명 전원이, 6명의 언데드에게 기습당했다.

그리고 다들 수월하게 기습을 막아낸 뒤, 기습자들을 밀어붙이고 있었다. 새로 손에 넣은 힘을 하나하나 시험해 가면서 말이다.

하지만 휴고는 기습을 막아내고 역습으로 승기를 잡은 시점에서 바로 적을 쓰러뜨렸다. 그의 특기인 초고속 마력 컨트롤이 제대로 활용된 결과였다.

"휘유. 역시 마력석이 쏠쏠하군."

그러자 대량의 마력석이 쏟아져 내렸다. 휴고는 그것을 아공간에 챙겨 넣고는 곧바로 에우라스에게 접근해 갔다.

차준혁의 통신이 들려왔다.

[휴고, 정면으로 맞붙지는 마라.]

[내가 바보냐? 저런 거랑 정면으로 치고받게? 하여튼 빨리 빨리 처리하고 따라오라고.]

동시에 휴고 역시 자신에게 주어진 힘을 발동했다.

우우우우우!

그러자 그의 마력이 폭증한다.

그의 몸 곳곳에 장착된 7개의 아티팩트급 장비가 발동한 효과였다. 지금 게이트에 진입한 6명 모두가 이 정도의 장비를 갖추고 있었다.

〈하하하! 정말로 내 꼴이 우습게 되었구나! 벌레들이 감히 나를 연습 상대 취급해?〉

에우라스가 허탈하게 웃었다. 분노보다도 먼저 자신의 신세에 비참함을 느꼈다.

〈하지만 아무리 내가 전락했다고 해도… 군주 살해자라면 모를까, 네놈들은 내 앞에서 오만할 자격이 없다!〉

4

에우라스는 휴고가 접근해 오는 순간, 공격을 가하기 시작했다.

꽈르릉! 꽈광!

뇌전이 사방팔방에서 쏟아지기 시작했다.

뿐만 아니다. 뇌전으로 발생한 소음이 굉음의 권능으로 통제되면서 굉음결계를 형성하는 게 아닌가?

'이런!'

휴고는 섬뜩함을 느꼈다.

아티팩트급 장비들로 마력을 끌어올렸는데도 에우라스의 마력이 훨씬 우위였다. 게다가 권능의 활용이 무시무시했다.

'기술이 뛰어난 게 아니야. 그보다는⋯⋯.'

숨 쉬듯이 자연스럽다. 그런 표현이 어울렸다.

뇌전이 춤춘다.

하지만 휴고 역시 뇌전을 다루는 데는 이골이 난 몸이었다. 아티팩트 뇌전의 사슬을 발동해서 대응한다.

폭발하는 뇌전 에너지 일부가 휴고에게 흡수된다. 뇌전 포식자가 수십 개나 펼쳐지면서, 뇌전을 빨아들여 소멸시킨다.

하지만 에우라스는 휴고가 대응을 시작한 그 순간, 다음 행동에 나섰다.

─천지역전(天地逆轉)!

특정 영역의 중력이 뒤집어지면서 휴고가 하늘로 솟구쳤다.

'이런 젠장!'

휴고가 중력 역전 영역에서 탈출하는 순간, 폭음이 터진다.

─용의 포효!

사방을 쩌렁쩌렁 울리던 음파가 휴고에게로 집중, 궤도상의 모든 것을 분쇄해 버릴 만한 음파 공격으로 화했다.

'이까짓 거!'

휴고는 놀라운 순발력으로 그 공격을 막아냈다.

〈놀랍군! 벌레 주제에?〉

이 방어에 에우라스도 놀람을 금치 못했다.

휴고는 탁월한 감각으로 음파 공격의 조짐을 파악, 초고속 마력 컨트롤로 소리를 차단하는 차음 방벽을 펼친 것이다.

〈……!〉

하지만 그 순간 뭔가가 휴고를 베고 지나갔다.

'아.'

휴고는 당하는 순간 그게 뭔지 알 것 같았다.

하지만 사고가 멈춘다.

뭔지 알았다고 생각한 순간, 그 실체가 머릿속에 그려지기 전 사고가 단절되면서 감각이 암전되었다.

텔레파시의 검이었다. 에우라스는 능수능란한 텔레파시로 휴고의 허점을 찔렀던 것이다.

잠깐 정지한 휴고를 노리고 무수한 빛의 궤적이 그어졌다.

콰쾅! 콰콰콰콰쾅!

불규칙한 곡선 궤도를 그리며 날아든 에너지탄들이 휴고를 연속으로 쳐서 날렸다.

〈뇌전만 봉쇄하면 끝이다, 설마 그렇게까지 나를 얕보고 있었느냐?〉

에우리스가 결정타를 가하려는 순간이었다.

한줄기 섬광이 에우라스를 때린다.

─유성의 화살!

대폭발이 일어나면서 에우라스의 공격이 저지되었다.

"휴우. 아슬아슬 세이프."

긴장감 없는 소녀의 목소리가 들려왔다.

1킬로미터 떨어진 지점에서 유현애가 망가진 대몬스터 저격총을 던져 버리고 있었다.

"휴고, 나한테 빚 하나 진 거야."

"아이스크림 쏘면 되냐?"

그녀 덕분에 목숨을 건진 휴고가 씩 웃으며 대꾸했다.

차준혁, 유현애, 브리짓, 이미나가 휴고에게 합류했다.

콰과광! 콰과과과과……!

그리고 10킬로미터 이상 떨어진 지점에서 리사가 9등급 몬스터 랜드스타를 상대로 전투를 벌이고 있었다. 그녀가 랜드스타를 처치하고 합류하기까지는 오랜 시간이 필요하지 않을 것이다.

〈여섯 놈인가.〉

에우라스가 긴장했다.

설마 부하들이 이렇게 허무하게 당해 버릴 줄은 몰랐다. 자신처럼 약화되었다고는 하지만 그래도 전투에 이골이 난 강자들이었거늘.

그리고 지금의 팀 섀도우리스 6명을 상대로는 에우라스도 승산을 장담할 수 없다.

'나머지 하나가 합류하기 전에, 하나라도 수를 줄인다.'

에우라스가 전술을 결정했을 때, 차준혁 역시 전술을 결정했다.

"변수가 많아. 단번에 끝내지."

"3분 안에 끝낼 수 있을까?"

"그때는 어차피 우리가 이긴다."

차준혁은 단호하게 승리를 이야기했다. 다들 그 말에 토를 달지 않았다. 그만한 근거가 있었기 때문이다.

우우우우우우!

그리고 다섯 명의 M슈트가 일제히 빛을 발하면서 거센 마력 파동이 퍼져나갔다.

〈이건……!〉

에우라스가 멈칫했다.

고(故) 권희수 박사의 최고 걸작 'M-링크 시스템'이 발동하면서, 5명의 마력이 폭증했기 때문이었다.

한정된 시간 동안 출력을 2배까지 증폭시키는 이 시스템의 존재는, 지금의 에우라스 입장에서는 심장을 찌르는 비수나 다름없었다.

〈웃기지 마라…….〉

에우라스는 밀려드는 절망감을 느끼며 마력을 전개했다.

〈내가 이런 곳에서 쓰러질 것 같으냐!〉

"물론."

차준혁이 차갑게 대꾸했다.

그리고 산개한 팀원들이 일제히 공격을 가했다. 전원이 커다란 대(對)몬스터 저격총으로 에우라스를 겨누고 방아쇠를 당긴다.

꽈과과과광……!

아티팩트급 장비들로 한 번, 그리고 M—링크 시스템으로 또 한 번 마력을 증폭한 채 발하는 에너지탄.

그것이 고용량 증폭탄두로 몇 배나 증폭된 위력을 발한다.

그 대가로 값비싼 총기가 일회용으로 망가져 버리지만, 상관없다. 군주에게 대미지를 줄 수 있다는 메리트를 생각하면 그 손실은 새 발의 피였으니까.

그리고 그것이야말로 지구 문명의 힘이었다.

마력을 증폭시키는 것은 물론, 각종 스펠 효과가 내재된 장비는 제1세계의 작품이다. 군단이 쓰는 장비도 전부 제1세계와의 전쟁에서 노획하거나, 아니면 타락체가 된 장인들이 만들어냈다.

지구 인류는 아직 이런 물건을 만들어내지 못한다.

하지만 지구 문명의 진수는 생산력에 있다.

지구 인류가 만들어낸 헌터 장비는 전부 대량생산이 가능한 것들이었다. 그것들은 소모성인 대신 탁월한 파괴력을 자랑하며, 완벽하게 규격화되어 있기에 얼마든지 동일한 대체품을 만들 수 있었다.

그러한 강점이, 군단 수준으로도 상위권에 속할 마력 보유자에게 활용된 결과는 무시무시했다. 에우라스가 절망감을 느낄 수밖에 없는 위력이 나오고 있었다.

그리고…….

〈하, 하하하하!〉

에우라스는 만신창이가 된 채 웃었다.

에너지체인 그에게는 부상이라는 개념이 없다. 그럼에도 그의 상태를 표현하기에 가장 적절한 말은 만신창이였다.

누적된 타격으로 에우라스의 허공장은 걸레짝이 되었다. 마력도 바닥을 드러냈다. 그리고 그의 의식이 들어 있는 뇌전 코어도 대미지를 받아서 깨져 나가고 있었다.

'놈들이 옳았군.'

자신은 연습 상대에 불과했다. 저들에게는 그렇게 오만할 자격이 있었다.

저들이 단순히 끝장낼 생각으로 덤볐다면 벌써 승부가 났으리라. 하지만 저들은 에우라스에게서 굉음의 도끼를 온전히 회수하고 싶어 했고, 그래서 손해를 감수해 가면서 에우라스의 전력을 깎아내고 있었다.

그럼에도 끝이 다가온다.

에우라스는 뇌리에 선명하게 울리는 사신의 발소리를 들으며 생각했다.

'라지알, 빌어먹을 왕이여.'

불과 한 시간 전까지만 해도 그는 군단의 승리를 믿고 있었다.

아무리 군주 살해자가 강하다 해도, 머릿수의 격차가 너무나 압도적이었다. 그리고 왕의 권능을 손에 넣은 라지알은 본신 마력을 아득히 초월한 힘을 발휘할 수 있었다.

그러니까 지구 인류에게는 제약이 사라져 총공세를 가할 수 있는 군단을 막을 방법이 없다. 그렇게 판단했다.

'너는 이길 수 있겠느냐? 이놈들을 상대로?'

하지만 지금은 모르겠다.

에우라스는 눈앞에서 피어오르는 마력의 불빛을 보았다. M—링크 시스템의 빛이 아니었다. M—링크 시스템의 유지시간은 이미 끝났고, M슈트의 빛도 꺼졌으니까.

저들이 장착한 아티팩트가 발하는 것과 똑같은 불빛이, 믿을 수 없을 정도로 성대하게 피어오르고 있었다.

'나는 알 수 없구나. 내가 먼저 가서 너를 기다리는 꼴이 될지, 아니면 이걸로 영원히 다시 볼일이 없을지……'

에우라스는 맞설 수 없는 절망 앞에서 눈을 감았다.

*   *   *

전투가 끝났다.

팀 섀도우리스 6명이 에우라스를 쓰러뜨리는 과정은 일방적이었다. 그들의 연계 앞에서 에우라스는 손쓸 도리 없이 무너져 내리고 말았다.

교전 시간도 짧았다. 팀 섀도우리스 6명이 게이트에 진입하고, 에우라스를 쓰러뜨리기까지는 불과 10분밖에 안 걸렸으니까.

코어 몬스터로 설정되었던 에우라스가 쓰러지자 120미터급 게이트가 소멸 단계에 들어갔다.

"80점은 줘야겠군. 리허설로 이 정도니 본무대에서는 더 잘할 수 있겠지."

그 전투에 대한 평가를 내린 용우의 눈길이 다른 곳으로 향했다.

군단의 세계, 왕의 섬에 열린 게이트들이 빠르게 공략되고 있었다. 군단의 전력 피해는 거의 없는 상황이었다.

아무리 봐도 굳이 구세록에 축적된 영적 자원을 소모해 가면서 게이트를 연 의미가 없어 보였다. 괜히 손해만 본 게 아닐까?

하지만 용우는 무덤덤했다. 처음부터 이럴 줄 알고 있었던 것처럼.

"오빠."

문득 이비연의 목소리가 들려왔다.

"준비 끝났어."

"수고했어."

"고작 그거야? 정말 죽기 살기로 고생했는데 하나도 안 도와줘 놓고서!"

"안 도와준 게 아니라 못 도와준 거지. 내가 그런 쪽으로는 무능하잖아."

"홍. 나 없었으면 어쩌셨을까?"

이비연이 토라진 척하자 용우가 웃었다.

"나도 좋은 소식 하나 알려줄게."

"뭔데?"

"에우라스의 영혼을 포획했다."

"오호."

이비연이 눈을 빛냈다.

"놈에게는 지옥에서 마지막을 관람할 기회를 주도록 하자."

구세록의 기능을 손에 넣은 지금, 군단이 인류에게 해온 일들을 갚아줄 수 있게 되었다.

언데드라 불리는 자들은 죽음을 두려워하게 될 것이다. 죽음 그 자체만이 아니라 사후에 그들을 기다릴 지옥을!

"그동안 약탈해 간 만큼, 아니 이자까지 쳐서 되돌려 받을 거다."

용우가 웃자 이비연도 환하게 웃었다.

*   *   *

군단이 왕의 섬에 열린 모든 게이트를 공략하기까지는 오랜 시간이 걸리지 않았다.

그 대가는 부상자 몇 명뿐. 전력 소실은 전무하다고 봐도 좋았다.

하지만 라지알의 표정은 좋지 않았다.

'놈들의 의도를 모르겠군.'

게이트 안에는 골렘이 있었을 뿐이었다. 딱히 위험한 수작은 없었던 것이다.

'정말 그냥 가볍게 찔러봤을 뿐이란 말인가?'

이 시점에서 그럴 의미가 있을까? 저만큼의 골렘이라면 차라리 결전에 투입해서 머릿수 차이를 메꾸는 게 좋지 않았을까?

마음에 걸리는 점은 또 있었다.

'에우라스의 반응이 사라졌다.'

제3세계를 흔들어놓기 위해 보낸 에우라스의 반응이 사라졌다. 그와 같이 보낸 6명의 부하 역시 마찬가지였다.

'군주 살해자인가?'

제3세계에 심어놨던 병력이 전부 섬멸된 지금, 군단은 제3세계를 실시간으로 살필 방법이 없었다. 제한된 정보를 갖고 추측할 따름이다.

'약간이라도 시간을 벌어주길 바랐거늘.'

설마 이쪽이 왕의 섬에 열린 게이트를 전부 공략하기도 전에 당해 버릴 줄이야.

그들이 세운 계획대로라면 그럴 수가 없었다. 필시 예상하지 못한 사태가 벌어진 것이리라.

'이 골렘도 그렇고, 역시 놈들이 구세록을 장악한 거겠지.'

그것은 군단 입장에서 상정할 수 있는 최악의 가능성이었다. 그렇기에 라지알은 그 가능성이 현실화됐다고 생각하기로 했다.

"그렇다고 하더라도……."

라지알의 눈이 먼 곳을 향했다.

물리적인 지점을 향하는 게 아니다. 왕의 권능이 그의 인식을 군단의 세계 바깥까지 확장하고 있었다.

마침내 장벽이 무너지기 시작했다.

서서히 약해지던 장벽이 무너지는 것은 한순간이었다.

라지알은 왕의 권능으로 전군에 목소리를 전했다.

"때가 왔다."

본래대로라면 마지막 문이 열린 후에야 벌어졌을 결전이 앞당겨졌다.

심지어 원래대로라면 마지막 문이 열린 후에도 할 수 없었던 일, 아무런 제약도 없는 전군 총공세가 시작될 것이다.

"종말의 군단."

마침내 장벽이 무너졌다. 라지알의 눈이 지구를 향했다.

보인다.

뿌연 안개에 쌓인 것처럼, 실시간으로 관측하는 게 불가능했던 지구의 모든 것이 생생하게 보였다.

라지알이 미소 지으며 왕의 권능을 발현했다.

서로 다른 세계를 잇는 게이트가 열린다. 지금까지 열린 그 어떤 게이트보다도 거대한 게이트, 그리고 지금까지와 달리 게이트 브레이크 같은 제약이 전혀 존재하지 않는 순수한 '문'이.

"진군하라."

71만 7,467명의 언데드가 지구를 향해 진군하기 시작했다.

Chapter58

Battlefield

1

괌에 열렸던, 지구 역사상 가장 거대한 게이트가 공략된 지 불과 몇 시간도 지나지 않았다.

그런데 지금, 구 중국령 베이징의 하늘 위에 또다시 최고 기록을 경신하는 게이트가 열리고 있었다.

구구구구구구······!

대지가 진동했다. 퍼스트 카타스트로피 전에는 2천만 명 이상의 인구 수를 자랑했던 대도시, 베이징의 폐허가 지진이라도 난 것처럼 흔들리고 있었다.

"거창하군."

형체를 보존하고 있는 빌딩 위에 앉은 채 서용우가 중얼거렸다.

그만이 아니었다.

이비연, 리사, 차준혁, 유현애, 이미나, 휴고, 브리짓……

팀 섀도우리스 전원이 베이징의 폐허에서 하늘을 올려다보고 있었다.

브리짓이 말했다.

"놈들이 총공세를 취한다는 것은… 게이트가 아닌 다른 수단으로 지구에 온다는 뜻이 아니겠냐고 생각했습니다. 아무런 조짐도 없이 지구에 나타날 줄 알았는데 그건 아니었군요."

"다른 수단으로 오는 건 맞지. 저건 우리가 공략해 온 게이트가 아니라 순수한 '문'이야."

최후의 게이트는 검은 구멍이라는 점에서 다른 게이트와 똑같아 보였다. 하지만 열리는 각도부터가 달랐다. 고도 1킬로미터 지점에, 하늘 위에서 지상을 굽어보는 형태로 열리고 있었다.

"오버 커넥트의 초대형 버전 같은 거지. 차이점이라면 통과하는 순간 정보세계의 존재가 완전히 물질세계의 존재로 전환된다는 것 정도일까?"

그리고 그 점이 가장 놀랍고 위험한 부분이리라.

최후의 게이트는 계속 커져가고 있었다. 대화를 나누면서 기다리는 동안 800미터에 달하고 있었다. 그런데도 아직 확장이 멈추지 않았다.

유현애가 중얼거렸다.

"백만 대군이라… 만날 삼국지 같은 데서 나오던 그 숫자가 얼마나 많은 건지 직접 볼 기회네요."

심지어 그 100만 명은 하나하나가 지구 인류의 최상위권 각성자들을 훨씬 능가하는 마력을 보유한 괴물들이다.

"떨지 마."

용우가 한마디 하자 다들 고개를 저었다.

"무리예요."

"말이 되는 소릴 하셔."

"난 안 떨었어."

휴고가 허세를 부렸지만, 차준혁이 침착하게 지적했다.

"다리가 떨리고 있는데?"

"땅이 울리고 있잖아! 땅에 발 디디고 있으면 당연히 떨리지!"

"음. 그렇군. 미안하다."

"……"

차준혁이 진짜로 미안하다는 듯 말하자 휴고가 똥 씹은 표정을 지었다.

그때 용우가 말했다.

"온다."

마침내 게이트의 확장이 멈췄다. 이 시점에서 게이트의 직경은 1킬로미터를 넘은 상태였다.

물론 지금까지의 게이트하고는 성격 자체가 다르니 크기로는 위험성을 짐작할 수 없다. 하지만……

"이 크기면 한꺼번에 쏟아지겠는데."

1킬로미터라는 폭을 생각하면 한꺼번에 투입되는 병력의 수가 어마어마할 것이다.

게이트 확장이 멈추자 팀 섀도우리스 전원은 둘둘씩 짝을 지어서 물러나기 시작했다. 그리고 마침내 게이트 너머에서 뭔가가 모습을 드러냈다.

"어라?"

그것은 팀 섀도우리스가 예상한 것과는 다른 존재였다.

1킬로미터 상공에서 빛의 구체 하나가 떨어져 내렸다.

―땅 위의 태양!

종말급 스펠이었다.

땅에 도달하는 순간, 그 빛의 구체가 무시무시한 기세로 확장하기 시작했다.

그것은 폭발과는 달랐다. 분명히 초당 10미터 이상의 속도로 직경이 늘어나고 있었지만, 그럼에도 폭발이 아니라 주변을 집어삼킨다고 하는 것이 옳았다.

"청소부터 하겠다는 거군."

게이트를 통해서 지구로 침입하는 경로가 훤히 드러난 상황이다. 이런 상황에서 무작정 병력을 진군시킬 만큼 군단 지휘부는 어리석지 않았다.

"어쩌지?"

"물러나. 범위 밖으로. 저거 봉쇄한다고 마력을 소모하느니 그편이 낫다."

종말급 스펠 '땅 위의 태양'은 지상에 수만 도의 초고열을 머금은, 빛의 구체를 만들어낸다. 직경 2킬로미터 이상까지 확장하는 그 빛의 구체는 그야말로 작은 태양과도 같았다.

그 속으로 집어삼켜진 모든 것은 초고열로 소멸한다. 그리고 빛의 구체로부터 비롯된 열기가 바깥으로 뻗어 나가며 반경 수십 킬로미터를 불태워 버린다.

후우우우우……!

실제로 급속도로 확장해 가는 빛의 구체 주변에 열풍이 휘몰아치면서 베이징의 기온이 급상승하고 있었다. 잠시 후면 베이징 전역이 생명체가 살아남을 수 없는 불지옥으로 화할 것이다.

하지만 그 지옥을 피하기는 간단했다.

물론 팀 섀도우리스 정도 능력자에게나 해당하는 간단함이지만.

팀 섀도우리스는 땅 위의 태양으로부터 100킬로미터 이상 떨어진 지점, 톈진 해안가까지 물러나서 상황을 지켜보았다.

……!

형성을 끝낸 땅 위의 태양이 폭발했다. 이미 불지옥으로 화한 베이징을 대폭발이 휩쓸었다.

지구 인류의 전쟁을 기준으로 보면 전략핵을 투하한 상황이다. 그것으로 전쟁이 끝나거나 아니면 인류를 파멸로 몰고 갈 세계대전의 시발점이 될 수 있으리라.

하지만 군단과의 전쟁은 이제 막 시작되었을 뿐이었고, 저 일격은 병력을 투입하기 전의 가벼운 청소 작업에 불과했다.

"이제 진짜로 온다."

그리고 하늘까지 집어삼킨 장대한 흙먼지 속으로 군단의 병사들이 강하하기 시작했다.

1킬로미터를 넘는 게이트에서 초당 수백 명의 병사가 쏟아져 나온다.

그들은 지상에 도달하는 것과 동시에 흩어지면서 군진을 형성했다. 빠르게 후속 병력이 합류하면서 순식간에 군진의 규모가 확대되어간다.

"쳇. 환영 인사로 준비한 건 깨끗하게 날아갔네. 함정을 예상하고 땅 위의 태양을 선택한 거겠지."

이비연이 혀를 찼다.

저들을 맞이할 준비에 공을 많이 들였다. 저 착지 지점에도 군단을 엿 믹일 힘정이 잔뜩 준비되어 있었다.

하지만 종말급 스펠 '땅 위의 태양'이 그 모든 것을 소멸시켜 버렸다. 종말급 스펠 중에서도 그런 용도로는 강점을 보이는 스펠이었다. 군단 지휘부가 함정을 염두에 두고 선택했으리라.

"하지만 우리가 준비한 환영 인사는 그것만이 아니지."

용우가 하늘을 올려다보며 손가락을 한 번 튕겼다.

그러자 불길한 정적이 베이징의 하늘을 지배했다.

〈종말급 스펠이다!〉

군단은 머리 위에서 내려오고 있는 거대한 백색의 용을 발견했다.

─눈보라의 용!

하늘과 땅을 잇는 순백의 선, 세상에서 가장 긴 얼음 기둥을 그려내면서 종말의 용이 강하해 온다.

〈예상대로군.〉

진입하자마자 종말급 스펠로 공격받는 상황임에도, 군단은 전혀 당황하지 않았다.

게이트를 통한 병력 투입이 멈췄다.

동시에 몇 명의 고위 언데드를 중심으로 거대한 힘의 흐름이 형성되었다. 그들을 중심축으로 삼아서 수천 병사의 힘이 집중되는 것이다.

콰아아아아아아!

눈보라의 용이 지상에 도달, 순백의 폭발이 모든 것을 집어삼켰다.

방금 전까지 베이징 전역을 가리며 일어났던 흙먼지가 거짓말처럼 쓸려나가고, 모든 것이 하얗게 얼어붙은 동토(凍土)로 화했다.

그러나 군단은 전혀 피해를 입지 않았다.

"저런 걸 준비하고 있었나."

이 시점에서 전장에 투입된 군단의 병력은 이미 만 명을 넘었다.

그들 전원이 힘을 모아 거대한 방어막을 구축함으로써 종말급 스펠을 막아낸 것이다.

용우가 눈을 빛냈다.

"그냥 놔두면 귀찮아지겠어. 내가 한번 흔들어놓지."

"혼자 가려고?"

"아직 놈들의 주력이 전혀 안 나왔어. 우리도 시간이 필요한 건 마찬가지니까 대기해. 골렘들 배치나 신경 쓰고."

용우는 베이징을 향해 날았다. 한 번에 20킬로미터 지점까지 텔레포트로 이동, 그다음부터는 연속 도약으로 땅을 박차면서 달려나갔다. 무시무시한 기세로 가속한 용우의 돌진 속도가 순식간에 극초음속을 돌파했다.

군단은 곧바로 용우의 접근을 알아차렸다.

〈군주 살해자!〉

새하얗게 얼어붙은 지평선 너머로부터 소름 끼칠 정도로 거대한 마력을 보유한 존재가 군단을 향해 다가오고 있었다.

군단은 곧바로 대응에 나섰다.

―구전광(球電光) 무한연쇄!

―염동충격탄 동시다발!

―땅거인의 손……!

무수한 스펠이 용우를 대상으로 펼쳐진다.

개개인이 펼치는 스펠이 아니다. 화력전을 담당하는 전문가들이, 다른 병사들의 마력을 받아서 본신 마력만으로는 불가능한 화력을 쏟아내었다.

천 개가 넘는 뇌전의 구체가 번쩍인다.

만 개가 넘는 에너지탄들이 소나기처럼 쏟아져 내린다.

사방팔방에서 흙과 암석으로 이루어진 거인의 손 수십 개가 솟아나 용우를 노린다.

"노력은 가상하군."

하지만 용우는 눈썹 하나 까딱하지 않고 거대한 양손 대검, 궁극의 융합체 네뷸라를 휘둘렀다.

〈이런……!〉

군단의 지휘관들이 경악했다.

단 한 번 검을 휘둘렀을 뿐이다. 그런데 그 일격으로 그들이 쏟아낸 공격의 절반이 사라졌다.

사라진 절반이 용우에게 직격하는 궤도였기에, 나머지 절반은 날아와서 폭발해도 용우에게 전혀 대미지가 없었다.

―눈보라의 군단!

그리고 용우의 부름에 응하여 얼음으로 이루어진 거구의 전사들 수천 명이 일어나 군단에게 진군해 갔다.

—얼음정령의 춤!

한기 속에서 태어난, 아름다운 얼음조각상 같은 존재들 수천이 어지럽게 날아다니며 군단을 강습했다.

콰아아아아아앙!

그리고 극초음속으로 뛰어든 용우가 군단의 방어막과 충돌했다.

〈이런, 제기랄……!〉

결계의 중심에 위치한 고위 언데드 여섯이 닥쳐오는 충격에 이를 악물었다.

—필멸자의 세계!

용우를 중심으로 반경 10미터에 해당하는 공간이 흐릿하게 열화되었다.

파직!

용우가 자신을 가로막은 방어막에 네뷸라를 찔러 넣었다. 하지만 그대로 방어막을 돌파하지는 않는다.

파지지지직!

방어막 위를 달려가면서, 마치 돔 형태의 케이크를 자르듯이 방어막을 잘라 버렸다!

필멸자의 세계가 만들어낸 영역 또한 용우를 따라서 이동하고 있었다. 이 영역 안에서 용우가 부수지 못할 것은 존재하지 않는다.

─염동빙결탄 동시다발!

그렇게 만들어낸 틈새로 극저온의 한기가 농축된 에너지탄 수십 발이 쏟아져 내린다.

─얼음꽃!

그보다 더한 위력을 가진 얼음 폭탄 다발이 그 뒤를 따랐다.

콰콰콰콰콰광!

순백의 폭발이 군단의 진 내부를 뒤흔들었다. 착탄 지점에 있던 언데드들이 빙결 당해서 터져 나갔다.

그리고 용우의 검에 갈라진 방어막이 소멸했다. 그 바깥에 소환되어 있던 얼음전사와 얼음정령의 대군이 기다렸다는 듯 돌진했다.

〈이, 이건 말도 안 돼!〉

군단은 패닉에 빠졌다.

그들은 소수의 강자를 상대하기 위한 전술 체계를 완벽하게 확립했다. 만 명 이상이 투입되어 군진을 갖춘 시점에서, 군주급의 적이라고 하더라도 맞설 수 있다고 자신하고 있었다.

그런데 용우는 그들이 상정한 모든 상황을 박살 내버렸다.

방어막을 힘으로 깨는 것도, 교묘한 기술로 해제하지도 않았다. 모든 불멸성을 필멸의 영역으로 끌어내리는 권능을 발현해 케이크를 자르듯이 잘라버린 것이다.

〈저지 부대! 막아! 1초라도 좋으니 놈을 멈추게 해!〉

용우가 방어막을 파괴하고 나서 불과 10초.

그동안 군단의 전사자는 천 명을 넘어가고 있었다.

〈설치는 건 거기까지다!〉

그런 용우에게 저지 부대가 돌진했다.

24명으로 구성된 저지 부대는 근접전을 담당하는 12명과 원호를 담당하는 12명으로 구성되어 있었다. 하나하나가 최소 8등급 몬스터 이상의 마력을 가진 고위 언데드들이었다.

투아아아아앙!

그들이 용우와 격돌했다.

"호오."

용우가 눈을 빛냈다.

구세록을 손에 넣어서 성좌의 무기에 걸려 있던 제약을 해제한 지금, 용우가 다루는 마력은 어마어마했다. 장기전을 염두에 두고 출력을 조절하고 있었지만, 지금 개방한 것만으로도 군주의 두 배에 달했다.

즉 8등급 몬스터를 능가하는 마력이라고 해봤자 용우 앞에서는 잔챙이에 지나지 않는다. 그런데 그런 존재가 용우와 충돌한 반발력을 버텨낸 게 아닌가?

'확실히 전하고는 다르군.'

용우가 왕의 섬에 침투해서 학살전을 벌였을 때와는 달랐다.

그때는 병력이 긴급 출동해서 중구난방으로 싸웠다. 본진에서, 수적으로 압도하는 싸움이었는데도 병력 활용이 비효율적이었다.

그것은 본진이 그런 식으로 공격당하는 경우를 상상 못 해봤기 때문이리라. 매뉴얼에는 존재할지도 모르지만, 실제로 그런 상황을 상정하고 훈련한 경험이 없으면 그럴 만도 했다.

하지만 지금의 군단은 제대로 된 병력 활용을 보여주고 있었다. 특히 전장에 존재하는 다수 병력의 힘을 하나로 모아, 필요한 국면에 집중시키는 기술은 놀라웠다.

'하긴 허우룽카이도 하던 짓을 이놈들이 못하면 그것도 이상하지.'

다수의 마력을 한 명에게 몰아주는 기술은 허우룽카이가 연구했고, 용우 역시 모방해서 구현하는데 성공했다.

군단은 그 기술을 월등한 규모와 세련된 방식으로 운용하고 있었다.

'하지만 그래 봤자다. 어차피 자기 힘이 아니지.'

용우가 차갑게 웃었다.

〈크으으윽……!〉

용우와 맞붙은 언데드 전사들은 이를 악물었다. 막대한 압력이 그들을 부숴 버릴 것 같았기 때문이다.

"너무 아끼는군. 기왕 나를 막게 할 거면 좀 더 꽉꽉 주지 그랬어?"

용우가 그들을 비웃었다.

그들에게 집중된 힘은 용우와 대적하기에 부족했다. 일격을 막은 것은 대단하지만, 거기까지였다.

쾅!

직접 검을 맞대고 있던 언데드 전사가 터져 나갔다.

파악!

검이 비스듬한 선을 그리자 그 궤적에 걸려든 언데드 둘이 산산조각 난다.

〈막아!〉

원호를 담당하는 12명이 급히 스펠을 퍼부었다. 텔레파시 공격과 저주 공격 다발이 날아든다.

하지만 소용없다. 용우는 그 공격을 물 흐르듯이 자연스럽게 비껴내면서 근접전을 담당하는 언데드들을 학살한다.

〈제기랄! 이 괴물……!〉

순식간에 근접전 담당들이 몰살당하자, 원호 담당들이 비명을 질렀다.

용우가 그들을 하나하나 죽여 나갈 때였다.

—유성의 화살!

제2우주속도로 날아든 섬광이 용우를 노렸다.

콰아아아앙!

하지만 용우는 악의를 통찰하는 능력으로 장거리 저격을 사전에 알아차렸다. 단 한 걸음 움직인 것만으로 공격을 피해내고는 위를 올려다보았다.

〈크악!〉

그 와중에 앞에 있던 적을 베어버리면서.

"이제 슬슬 주력이 나오기 시작하는 건가?"

용우를 저격한 것은 검은 갑옷을 입은 해골기사였다.

그 뒤로 다시금 언데드 병사가 초당 수백 명씩 쏟아져 내리기 시작한다. 용우가 그들을 향해 손을 쓰려 하자 해골기사가 달려들었다.

꽈아아아앙!

용우와 해골기사가 서로 반대편으로 튕겨 나갔다.

"좀 하는데?"

용우가 씩 웃었다.

〈으음……!〉

해골기사가 신음했다. 그의 갑옷 어깨 파츠가 날아가고, 어깨뼈가 박살 났다가 다시 복원되고 있었다.

하지만 그 정도로 끝났다는 점이 놀라웠다. 해골기사의 마력은 군주의 절반을 넘는 수준이었다.

'이건 좀 대단한데?'

그 사실에 용우도 놀랐다.

다수의 힘을 한 개체에게 집중해 준다. 그게 가능하다고 하더라도 한계는 명확하게 마련이었다. 왜냐하면 한 개체의 그릇이 담을 수 있는 허용량이 있으니까.

그런데 이 정도의 힘을 구현한다?

〈역시 강하군.〉

〈하지만 어차피 혼자서 막을 생각도 없었다.〉

게다가 그런 놈이 하나가 아니다. 용우 앞에 서는 놈들만 열 명이었다.

과거 볼더를 쓰러뜨렸을 때, 그의 최측근이었던 해골기사 대장은 부하들의 힘을 자신에게 모아 볼더의 본신 마력과 필적하는 힘을 구현했었다.

하지만 그건 그가 그만큼 특출한 존재였기 때문에 가능한 일이었다.

'놈들이 이런 걸 할 수 있었다면 초월권족이 버틸 수 있었을 리가 없는데?'

그리고 용우가 군주들을 연달아 살해하면서 날뛰는 것도 진즉 가로막혔어야 했다. 아무리 구세록의 제약이 있다지만 군단의 본진에서는 이 힘을 쓸 수 있었을 것 아닌가?

'뭔가 있군.'

용우의 감이 경고했다. 군단의 전력은 그가 예상한 것을 뛰어넘는다고.

그리고 그 감은 정확했다.

라지알 스스로 왕이 되면서 발현한 왕의 권능이 군단의 전력을 강화시키고 있었기 때문이다.

〈너는 우리가 막는다, 군주 살해자.〉

"자신감이 넘치는군. 가능할 것 같아?"

〈막는 것만이라면 충분히. 너는 아무것도 못 해보고 패배하게 될 것이다.〉

묘한 뉘앙스였다. 용우가 눈살을 찌푸릴 때였다.

[오빠.]

이비연의 통신이 날아들었다.

[다른 곳에도 게이트가 열리기 시작했어. 현재 파악된 것은 다섯. 서울, 오사카, 뉴욕, 타이베이, 파리… 아, 지금 모스크바와 몬트리올, 베를린이 추가됐어.]

"……."

해골기사가 웃었다.

〈이제는 알겠지? 네가 우리를 쓰러뜨리기 전에, 너희 세계가 멸망한다.〉

종말의 해일이 밀려오기 시작했다.

2

지구 곳곳에 작게는 300미터, 크게는 1킬로미터를 넘는 초대형 게이트가 열리기 시작했다.

그 게이트는 지금까지 인류가 공략해 온 게이트와는 달랐다. 상공에 열리자마자 전략핵에 필적하는 폭발이 터지고, 대파괴의 열기가 휘몰아치는 한복판에 무수한 언데드 병력이 쏟아져 나오기 시작했다.

한국 서울.

일본 오사카.

미국 뉴욕.

캐나다 몬트리올.

대만 타이베이.

프랑스 파리.

독일 베를린.

이탈리아 로마.

러시아 모스크바.

태국 방콕.

호주 시드니…….

게이트는 계속 추가되었다.

그리고 게이트가 열릴 때마다 그 도시는 지도상에서 소멸했다. 지구 인류의 능력으로는 막을 길이 없는 재앙이었다.

〈이제 알겠느냐?〉

지구에 진입한 군단원의 숫자는 순식간에 30만 명을 돌파했다.

〈너희 인류의 무력함을.〉

이만한 타격이면 지구 인류는 이미 멸망한 것이나 다름없다. 용우와 대치한 해골기사는 그 사실을 확신했다.

〈제3세계의 역사는 오늘로 끝난다. 너희 모두가 죽음으로써 군단의 영광을 꽃피울 비료가 될 것이다.〉

해골기사는 자신이 말하는 미래에 도취된 듯했다.

그 앞에서 용우는 가만히 서 있었다.

얼굴이 보이지 않는 헬멧을 쓰고 있기에 그가 어떤 표정을 짓고 있는지는 드러나지 않는다. 하지만 해골기사는 그의 심정을 쉽게 짐작할 수 있었다.

〈왜 아무 말도 없지? 절망했느냐? 그럴 만도 하지. 넌 아무것도 지킬 수 없다. 그 사실을 받아들여라.〉

"……"

용우는 말없이 서 있었다.

문득 해골기사가 고개를 들었다.

〈끝났다.〉

베이징 상공의 거대한 게이트가 언데드 병력을 쏟아내길 멈췄다.

이곳만이 아니다. 세계 곳곳에 열린 17개의 게이트 모두가 그 역할을 끝내고 닫히기 시작했다.

마침내 모든 군단원이 지구로 진입한 것이다.

그리고 마지막으로 베이징 게이트에서 단 한 명이 내려오고 있었다.

〈보아라. 왕께서 강림하신다.〉

"…왕?"

멍하니 서 있던 용우가 의아해하며 물었다.

〈그래. 우리에게 영원한 영광을 알려주실, 위대한 왕.〉

용우의 시선이 그에게로 향했다.

상앗빛 피부와 눈부신 금발을 가진 청년. 타락체 라지알이 붉은 눈동자로 용우를 내려다보며 지상으로 하강하고 있었다.

"아하."

용우는 그를 보는 순간 뭔가를 깨달았다는 듯 탄성을 흘렸다.

"나머지 군주들은 놈에게 죽은 건가."

라지알이 융합체를 지닌 것이 느껴졌기 때문이다.

"군단의 왕이 뭔가 했더니, 군주를 죽이고 융합체를 가진 놈이 왕이 되는 거였군."

용우가 중얼거렸다. 그것으로 머릿속에 떠오른 의문 몇 개가 해소되었다.

'왕이라는 게 정확히 뭔지는 모르겠지만, 그동안 없던 권능을 발휘할 수 있는 거겠지.'

눈앞의 언데드 열 명이 비정상적으로 강한 마력을 지닌 것도, 그 권능이 작용한 결과일 것이다.

"군주 살해자."

땅에 발을 디딘 라지알이 용우에게 말을 걸었다.

그러자 용우 앞을 가로막고 있던 언데드들이 좌우로 갈라졌다. 용우와 라지알이 서로 마주 볼 수 있도록 하는 배려였다.

"너도 알고 있겠지? 너희가 우리에게 쳐들어오지 못한 시점에서, 결과는 정해졌다."

지구와 군단의 세계, 둘 중 어느 쪽이 전장이 될 것인가?

그 선택권을 군단이 가진 시점에서 지구 인류의 멸망은 결정되었다. 팀 섀도우리스가 할 수 있는 일이라고는 군단을 향해 멸망한 종족의 분노와 원한을 쏟아내는 것뿐.

"물론 너희가 쳐들어왔더라도 결과는 변하지 않았겠지만."

이 전장에서 용우가 보여준 힘은 인상적이었다. 과연 군주 살해자라 불릴 자격이 충분했다.

하지만 그뿐이었다. 용우는 군단의 예상을 뒤집는 위험까진 보여주지 못했다.

"자, 모든 게 끝났는데도 끝까지 싸워보겠어?"

라지알의 물음에 용우가 고개를 숙였다.

절망해 버린 것 같은 몸짓이었지만 잠시 후, 군단은 이상함을 느껴야 했다.

"큭……."

용우의 몸이 작게 들썩였다.

"큭큭큭……."

아무리 애써도 참을 수 없는 웃음소리가 흘러나왔다.

〈미쳐 버렸나 보군, 불쌍하게도.〉

해골기사가 어깨를 으쓱하며 동료들을 돌아볼 때였다.

콰직!

섬뜩한 소리가 울렸다.

〈어억……!〉

한순간에 그에게 접근한 용우가, 일격으로 그의 몸을 관통했기 때문이었다.

"혼자서는 상대도 안 되는 잡것이 내 앞에서 한눈팔고 그러면 쓰냐?"

용우가 심드렁하게 말했다.

〈이, 이놈…….〉

콰광!

그리고 해골기사가 뭔가 해보기도 전에 그의 몸이 폭발해 버렸다.

〈이놈!〉

〈포기하면 편해질 수 있었을 것을.〉

기습으로 한 명이 당하자 다른 언데드들이 전투태세를 취했다.

하지만 용우는 그들을 무시하고 라지알에게 말했다.

"여기까지 오느라 수고했다, 타락체."

"끝까지 싸워볼 생각이구나. 그 뜻을 존중해 주지."

"푸훗."

라지알이 애석하다는 듯 말하자, 용우가 참을 수 없다는 듯 웃음을 터뜨렸다.

"하하하하하하!"

정말로 웃겨 죽겠다는 듯 크게 웃어대는 용우의 행동에 군단은 다들 기괴함을 느꼈다.

라지알이 차분하게 물었다.

"뭐가 그리 우습지?"

"네놈이 뭐라도 되는 것처럼 거창한 말투 쓰는 게 웃겨서. 내가 왜 웃는지 정말 모르겠냐?"

"절망으로 미쳐 버린 거겠지."

"그래 보여? 정말로?"

용우는 얼굴이 보이지 않는 헬멧 속에서 이죽거렸다.

"한심한 것들이군. 하긴 진입하기 전에 진입 지점을 초토화시키고 시작했으니 모를 만도 한가?"

그 말뜻을 이해하기도 전에, 용우가 손을 들어 하늘을 가리켰다.

"너희들이 넘어온 문은 닫혔다."

베이징 게이트를 마지막으로, 지구상에 열렸던 모든 게이트가 닫혔다.

"그 결과 너희 모두가 이 세계에 있지. 진입한 숫자는 총 71만 7,467명… 지금 남아 있는 건 71만 5,104명인가? 내가 대략 2천 명 정도는 죽였군."

용우의 말에 라지알은, 아니, 그 자리에 있는 모두가 동요했다. 이 상황에서 저토록 정확하게 군단 병력의 숫자를 파악하다니, 그런 능력이 있었단 말인가?

"이제 아무도 도망 못 간다. 이 세계가 네놈들의 무덤이야."

"……."

라지알은 황당해하며 용우를 바라보았다. 도대체 무슨 자신감으로 저런 소리를 하는 것인지 전혀 짐작이 가지 않았다.

그때였다.

〈왕이시여, 이상합니다.〉

다른 지역으로 진입한 자들이 보고해 왔다.

〈아무도 없습니다.〉

"뭐?"

〈제3세계의 인류가 전혀 안 보입니다.〉

〈이, 이쪽도 마찬가지입니다.〉

〈저희 쪽도…….〉

같은 보고가 연달아 날아들었다.

진입하기 전에 종말급 스펠로 도시를 초토화시켰으니, 진입 지점에서 살아있는 인간을 발견하지 못한 것은 당연했다. 팀 섀도우리스를 제외한 지구 인류는 그 누구도 그 공격에서 살아남을 수 없었다.

그렇게 초토화한 지역에 진입했기에, 그들이 이상을 눈치채기까지는 시간이 걸렸다.

지구상에 인류가 존재하지 않았다.

"그럴 리가?"

경악한 라지알의 눈이 용우에게 향했다.

"설마… 인류 전체를 다른 곳으로 피신시킨 거냐?"

"그것도 하려면 할 수는 있었지."

구세록을 손에 넣은 지금, 인류 개개인의 의사를 무시하고 강행한다면 가능했을 것이다.

수십억 인류를 피신시킬 수 있는 장소?

물론 있었다.

소멸한 게이트 내부 필드라는, 아주 훌륭한 피신처가.

"하지만 우리 세상은 네놈들처럼 모든 인구가 군대화된 해 괴한 사회가 아니야. 그런 짓은 후유증이 너무 크지."

"…후유증이라고?"

라지알은 어처구니가 없었다. 세계의 운명을 건 일전에서 후유증 때문에 수단 방법을 가린단 말인가?

"선택할 여유가 있는데 가리지 않을 이유가 없잖아?"

"무슨 짓을 한 거지?"

"멍청하군. 정말 모르겠냐?"

용우가 어쩔 수 없다는 듯 고개를 절레절레 저었다.

"아직도 여기가 지구로 보이냐?"

"……."

그 말에 라지알이 헛숨을 삼켰다. 동시에 강렬한 깨달음이 찾아들었다.

자신이 발 디디고 선 이곳은…….

"물질세계가… 아니란 말인가?"

"그래."

용우가 헬멧 속에서 웃었다.

"너희들은 애당초 지구에 가지도 못했어."

이곳은 지구가 아니었다.

지구를 중심으로 거대한 우주 공간까지 복제해서 구현한, 거대한 정보세계였다.

"전장을 고르고 싶어 했던 건 피차 마찬가지였지. 그런데 내가 네놈들이 쳐들어올 때까지 손 놓고 있었을까?"

용우는 전장을 고를 수 있는 권리를 빼앗긴 게 아니었다.

지구가 전장이 된다면 그것만으로도 패배나 다름없었다. 만약 그렇게 될 수밖에 없는 상황이었다면, 용우는 정말로 전 인류를 소멸한 게이트 내부 필드로 피신시키는 것을 고려했을 것이다.

군단의 세계를 전장으로 삼는 것은 리스크가 너무 컸다. 용우는 이미 왕의 섬이 얼마나 위험한 전장인지 경험해 보지 않았던가?

그렇기에 라지알의 선택지에는 존재하지 않았던, 제3의 전장을 준비하고 기다린 것이다.

"그럼 여긴 대체 어디지?"

"구세록."

"뭐라고?"

"구세록이라고. 어떠냐, 너희가 그토록 원했던 보물 창고에 들어온 기분은?"

$$* \qquad * \qquad *$$

용우가 군단의 세계, 왕의 섬에 게이트를 연 것은 결코 헛짓 거리가 아니었다.

군단의 병력을 죽이는 게 아닌, 다른 목적이 있었다.

그것은 바로 지구와 군단, 두 세계의 연결 고리를 조작하기 위한 사전 작업이었다.

군단의 게이트를 막는 것은 불가능했다. 하지만 그 좌표를 구세록 내부로 향하도록 조작하는 것은 가능했다.

본래 이것은 구세록의 초월권족이 최후의 전쟁을 위해 준비 한 한 수였다.

언젠가 군단과 결전을 치를 준비가 완료되었을 때, 그들은 물질세계를 전장으로 삼길 원하지 않았다.

왜냐하면 그 시점에서 군단의 침략을 받고 있을 세계는, 최 후의 전쟁에서 승리한 뒤 그들이 지배하여 살아갈 세계였기 때문이다.

그렇기에 그들은 구세록 내부 세계를 최후의 전장으로 설정하고, 군단을 끌어들일 방법을 만들어둔 것이다.

이곳이 지구 환경을 복제하여 구현한 것 또한 그 기능의 일부였다.

최후의 전쟁 시점에서 침략받고 있는 세계를 복제하여 구현한다.

구세록의 초월권족이 그렇게 준비해 뒀던 것이다.

'하여튼 쓰레기 같은 것들이야.'

하지만 지금은 그들의 준비에 감사한다. 그들 모두를 지옥에 처박고, 그들이 준비한 것을 모조리 강탈한 지금은 얼마든지 그럴 수 있었다.

"…멋지게 당했군."

일의 전모를 알게 된 라지알이 이를 갈았다.

완벽하게 한 방 먹었다. 그 사실을 인정할 수밖에 없었다.

"하지만 그래 봤자 결과는 변하지 않아. 너는 여기서 죽는다."

"야, 머리가 있으면 생각을 해봐라. 내가 왜 너한테 이렇게 친절했을까?"

"뭐?"

"얌전히 경청해 줘서 고맙다, 얼간아."

용우는 그렇게 말하고는 전력을 다해 뒤로 뛰었다. 그의 뇌리로 이비연의 텔레파시가 날아들고 있었다.

〈3초 후에 터질 거야! 충격에 대비해!〉

그리고 하늘에서 발생한 빛과 열기가 군단을 덮쳤다.

……!

상공 1킬로미터 지점에서 종말급 스펠과 필적하는 빛과 열이 발생, 수십 킬로미터를 휩쓸었다.

그것도 한 발이 아니었다. 연달아 같은 규모의 폭발이 일어나면서 베이징을 집어삼키고 있었다.

'뭐지?'

그 파괴의 폭풍 속에서 라지알은 어리둥절해하고 있었다.

'이런 걸로 뭘 하겠다는 거지?'

라지알 만이 아니라 군단 전원이 같은 감상을 공유하고 있었다.

분명 엄청난 폭발이다. 하지만 군단에게는 전혀 타격을 주지 못하고 있었다.

왜냐하면 이 폭발은, 마력에 의한 것이 아니었기 때문이다.

지구 인류가 개발해 낸 최악의, 하지만 퍼스트 카타스트로피 이후로는 그 가치 평가가 수직 하락한 무기.

핵무기였다.

전략핵이 일곱 발이나 연달아 폭발하면서 베이징은 물론이고 그 주변 지역까지 파괴한다. 하지만 정작 타격해야 할 군단에게는 아무런 손실도 입히지 못한 공격이었다.

'아니, 잠깐.'

라지알은 뒤늦게 한 가지 이상한 사실을 깨달았다.

불가능한 일이 벌어지고 있었다.

'어떻게 놈들이······.'

하지만 그의 생각은 끝까지 이어지지 못했다.

꽈아아아아아앙!

3

폭음이 울려 퍼졌다.

핵무기가 연달아 터지던 것에 비하면 별 볼 일 없는 규모였다. 하지만 그 결과는 그렇지가 않았다.

〈이, 이건 뭐야?〉

〈방어막이 깨졌다! 젠장, 생존자는 흩어져서 다른 부대로 합류해!〉

전략핵이 7발이나 터지자 주변을 분별할 수가 없었다. 베이징 전역이 다시금 초토화된 것은 물론, 하늘을 찌를 듯한 버섯구름이 일어나고 흙먼지가 세상 전부를 뒤덮어 버릴 것 같왔다.

그런 상황이기에 군단은 하늘에서 떨어져 내리는 공격을 알아차리지 못했다.

'하! 고작 눈속임으로 이런 짓을 한 건가?'

라지알은 적들이 전략핵을 굳이 쓴 이유를 알아차렸다.

단순한 눈가림이었다.

전략핵을 연달아 터뜨려서 이목을 가리고, 그 틈에 상공에 워프 게이트를 연다.

콰아아아아앙!

그 워프 게이트에서 튀어나온 뭔가가 음속의 50배를 넘는 속도로 내리꽂혔다.

작게는 수 톤, 많게는 수십 톤 질량을 보유한 물체가 그 속도로 내리꽂히는 것만으로도 재앙이다. 그런데 그 물체는 강력한 마력을 두르고 있었다.

'이런 공격이라니!'

게다가 이 공격은 2단 구조였다.

마력을 두른 채 초고속으로 떨어져 내리는 것이 1단, 그리고 충돌 지점에서 골렘의 코어가 대폭발을 일으키는 것이 2단!

콰아아아아아!

전술핵급 대폭발이, 방어막이 깨진 채로 노출된 군단의 병력을 쓸어버렸다.

그런 일이 초당 수십 번이나 일어났다. 베이징만이 아니라

지구 전역에서!

'골렘을 이런 식으로 쓸 줄이야! 어떻게 이 숫자를, 이렇게까지 가속시켜 둔 거지?'

상공에 열린 무수한 워프 게이트에서 떨어져 내리는 것은 골렘이었다.

군단 지휘부는 이 상황을 이해할 수가 없었다.

수백 기의 골렘을 다른 곳에서 극한까지 가속시켜 두고 있다가 필요한 순간 불러들여서 적에게 충돌시키다니, 어떻게 이럴 수가 있단 말인가?

*   *   *

그것은 정신으로 통제되는 권능에 의존할 뿐, 우주의 본질을 학문적으로 분석하지 않는 군단으로서는 이해할 수 없는 개념의 공격이었다.

용우와 이비연은 골렘 다수를 우주 공간으로 날린 뒤 지구 중력권을 이용, 우주선이 행성간 이동을 할 때 가속에 쓰이는 스윙바이 기술을 응용해서 가속시켜 두었다.

위성 궤도에서 지구의 자전을 따라서 가속하던 골렘을, 필요한 순간 일제히 워프 게이트로 불러들임으로써 군단을 타격한 것이다.

높은 곳에서 떨어뜨리는 것만으로는 절대 불가능한 가속이었고, 워프 게이트를 쓰는 것만으로도 언제든지 불러들일 수 있다는 장점까지 있었다.

이 공격에 골렘을 쓴 이유는 또 있었다.

구세록의 초월권족이 보유하고 있던 골렘의 마력은 최소한 6등급 몬스터 이상.

그런 골렘의 코어를 폭발시키자 군단의 병력이 수백 수천 명씩 증발하고 있었다.

"생각보다 별로 안 죽었군."

〈확실히 대규모 파괴 공격에 대한 대비가 잘되어 있어. 레이저 수소폭탄이 없었다면 별로 타격을 못 줬을지도 모르겠는 걸.〉

군단의 방어력이 예상 이상으로 강했다. 골렘을 떨궈서 코어를 폭발시키기만 했다면 이 공세로 5만 명도 못 죽였을 것이다.

하지만 용우와 이비연은, 거기에 현대 무기까지 더했다.

브리짓에게 요청, 미국이 비축해 놓은 마력 반응 탄두 탑재형 레이저 수소폭탄 전량을 받아왔다. 그것을 골렘의 코어에 장착하고는 폭발용으로 대량의 마력석을 함께 세팅해 두었기에, 군단에게 치명적 타격을 줄 수 있었던 것이다.

그리고 그것이야말로 라지알이 깨달은 위화감의 핵심이었다.

물질세계에서만 사용 가능했던, 지구 인류의 현대 병기가 정보세계에 구현되었다.

'권 박사, 보고 있나?'

그것은 권희수 박사가 용우에게 전한, 최후의 연구 성과였다.

'당신이 바라던 복수의 순간이다.'

*　　　　*　　　　*

권희수의 인공지능 비서, 민수는 권희수가 완성한 최후의 연구 데이터를 용우에게 전달했다.

민수가 프로젝트의 개요를 이야기하고 나서, 화면에 권희수의 모습이 나타났다.

연구 설명을 위해 녹화한 화면이었다.

[군단의 열쇠에는 어떤 의미가 있을까. 단순히 아티팩트와 대비되는 무기일 뿐만 아니라 뭔가 다른 활용법이 있을 것 같았어요.]

권희수가 연구용으로 맡겼던 군단의 열쇠를 카메라 앞에 들어 보이며 설명했다.

[제로, 당신의 경험에 따르면 성좌의 무기와 아티팩트에는 아주 중요한 공통점이 있죠.]

둘 다 용우가 정보세계에 진입했을 때 온전한 형태로 구현해서 쓸 수 있었다.

[딱히 당신이 의식해서 구현하지 않아도 물질세계와 정보세계 양쪽에서 똑같은 형질을 유지한다. 그 특성이 이것을 '열쇠'라 부르는 이유라고 추측해요.]

환경에 좌우되지 않는 절대적인 존재 항상성.

군주는 그 특성을 이용해서 정보세계의 자신을 지구에 구현할 수 있었다.

[성좌의 무기라면 완전체, 하지만 아티팩트라면 완전체는 무리. 이건 단순히 용량 차이일 거예요.]

군주라는 거대한 존재의 정보를 담아내기 위해서는 그만한 용량이 필요했다. 성좌의 무기는 그만한 용량을 가졌지만, 마이너 카피라고 할 수 있는 아티팩트는 그렇지 못한 것이다.

[그렇다면 그 반대도 가능하겠죠. 물질세계의 물건, 그 존재 정보를 군단의 열쇠에 담아서 정보세계에 구현한다.]

권희수는 이 아이디어에 착안해서 연구를 진행했다.

[무엇보다 이 활용에 있어서 우리는 군단보다 유리한 점이 있어요.]

정보세계의 주민인 군주는 물질세계로 오기 위해 까다로운 조건을 충족시키고, 그만한 대가를 지불해야 한다.

그러나 물질세계의 주민인 용우는 정보세계로 갈 때, 아무런 대가도 필요로 하지 않는다.

[당신은 구세록의 제약조차 받지 않죠. 그건 즉 우리가 '군단의 열쇠'의 용도를, 물질세계의 무언가를 옮기는 것으로만 쓸 수 있다는 거예요.]

권희수는 군단의 열쇠에 물질을 정보화해서 담는 기술을 연구했고, 결국 완성했다.

용우는 그 기술을 이용, 온갖 전투 자원을 지구에서 구세록 내부 세계로 공수해 왔던 것이다.

M슈트도, 증폭 탄두를 쏠 수 있는 각성자용 총기도, 마력 반응 탄두 탑재형 레이저 수소폭탄까지도……

*　　　　*　　　　*

'가슴을 펴고 자랑스러워해도 좋아. 누가 뭐래도 당신이 최고다, 권 박사.'

용우는 그녀를 생각하며 미소 지었다.

지금의 팀 섀도우리스는 지구에서 쓰던 장비를 그대로 쓸 수 있었다. 데이터 센터와 인공위성 등의 인프라를 필요로 하는 서포트 시스템은 쓸 수 없지만, 그 부분은 구세록의 권능으로 대체 가능했다.

〈그래도 25만 이상 줄었어. 앞으로 46만 명만 상대하면 되네.〉

〈…그거참 위로가 되는 수치네요.〉

이비연의 말에 유현애가 투덜거렸다.

어쨌든 공들여 준비한 전술 폭격, 아니, 지구 전역을 타격하는 전략폭격의 효과는 탁월했다. 이 공격만으로도 군단은 25만 명 이상의 전사자를 낸 것이다.

〈지구에서는 절대 못 할 짓이군요.〉

브리짓이 혀를 내둘렀다.

진짜 지구에서 전략폭격을 가했다면 그것만으로도 인류는 멸망했다고 봐야 했다. 전 세계에서 전략핵급 폭발이 수백 발이나 터져서, 이미 대기권 안쪽은 인간이 생존 가능한 환경이 아니었다.

"하지만 이렇게 하지 않으면 놈들을 상대할 수가 없지."

어차피 지구가 전장이 된다면 지구 멸망은 정해진 결과였다.

군단의 총력을 감당할 전장으로 지구는 너무 작고 연약했으니까.

"어쨌든 놈들이 정신 못 차리는 동안에 하나라도 더 줄여. 시간 끌수록 힘들어진다."

그렇게 말한 용우는 베이징으로 돌아가는 대신 서울로 향했다.

그리고 아직 혼란을 수습하지 못한 군단을 급습해서 닥치는 대로 쓰러뜨리기 시작했다.

〈크악! 지원! 지원을 요청해!〉

〈마, 막아! 어떻게든 방어 시스템을 재구축해야…….〉

전략폭격에 당한 군단은 모두 군진이 붕괴한 상태였다. 그 상태에서는 서로의 힘을 하나로 묶어 통제하는 전투 시스템도 활용할 수가 없다.

그런 상태에서는 아무리 머릿수가 많아도 용우의 적수가 될 수 없었다.

—염마용참격(炎摩龍斬擊)!

용우가 네블라를 휘둘렀다. 그러자 검을 불태우며 뻗어 나간 섬광이 1킬로미터 저편까지를 베어버렸다.

콰과과과과과……!

단 일격으로 천 명 가까운 언데드가 증발했다.

—선다운 버스트 연속투하!

세상을 불태울 것 같은 섬광이 연속적으로 폭발했다.

—만군(萬軍)의 화살!

성좌의 무기 불꽃의 활에 내재된 권능이 발동, 5만 발을 넘는 불꽃의 화살이 서울 전역에 소나기처럼 쏟아져 폭발했다.

—초열광(焦熱光)!

10만도가 넘는 초고열의 광선이 발사되었다. 용우가 그 광선을 분사하면서 몸을 한 바퀴 빙글 회전시키자 전방위가 초토화되었다.

—초열결계(焦熱結界)!

서울을 불태우고도 모자라서 경기도 전역으로 퍼져 나가던 열기가 소용돌이치기 시작했다. 서울을 중심으로 회전하는 거대한 불의 결계, 그 안은 고위 언데드조차 불타 죽는 불지 옥이었다.

―용암의 군단!

그리고 그 불지옥에서 무수한 불의 거인들이 일어나 언데 드 병력을 덮쳤다.

〈군주 살해자……!〉

혼란 속에서 어떻게든 힘을 그러모은 언데드 지휘관이 용 우에게 뛰어들었다.

꽈아아아앙!

공간이 뒤흔들렸다.

언데드 지휘관은 잠시나마 용우를 밀어내고 초열결계를 파 괴할 생각이었지만…….

콰직!

용우는 그 자리에서 미동도 하지 않고 반격, 일격으로 언데 드 지휘관에게 치명상을 입혔다.

〈이런, 이렇게까지…….〉

그제야 언데드 지휘관은 깨달았다.

처음 베이징에 진입한 군단과 맞붙었을 때, 용우는 진짜 힘 을 발휘하지 않았다는 것을.

지금 용우가 발하는 마력은 그 수준을 훨씬 능가한다. 군 주의 5배에 달하고 있었다.

〈왕이시여…….〉

언데드 지휘관은 힘을 쥐어짜 내어 텔레파시를 발했다.

〈당신이 아니면, 누구도 이 자를…….〉

그의 말은 끝까지 전해지지 못했다. 용우가 가볍게 손을 틀자 그의 몸이 폭발해 버렸기 때문이다.

파아아아아!

그리고 초열결계가 붕괴하기 시작했다.

좌우로 갈라지는 불지옥 너머에서 붉은 눈동자로 용우를 노려보는 라지알이 나타났다.

"이제 41만 2천 명쯤 남았군. 아직도 이길 수 있을 것 같나, 타락체?"

"…인정할 수밖에 없군. 사냥꾼은 너였다."

라지알이 용우 앞에 내려서며 말했다.

용우는 덫을 준비한 채 기다리는 사냥꾼이었고, 군단은 자신의 힘만 믿고 달려든 맹수의 무리였다. 라지알은 그 사실을 인정할 수밖에 없었다.

"하지만 결국은 너 혼자뿐이다."

라지알에게서 해일 같은 마력 파동이 쏟아져 나오기 시작했다.

용우의 표정이 굳었다.

'이 녀석…….'

라지알은 이비연을 상회하는 본신 마력을 가졌다. 이비연이 말해준 바에 따르면 거의 어비스 종국의 용우와 필적하는 수준일 것이다.

그런 그가 세 개의 군주 코어를 손에 넣어 융합체를 만들었다. 이미 융합체를 가진 용우는 그의 힘이 어느 정도 수준일지 쉽게 짐작해 냈다.

그런데 지금 라지알이 개방한 마력은 용우가 짐작한 수준을 아득히 뛰어넘는다.

"군주 살해자, 내 힘을 짐작했겠지? 나 또한 네 힘을 짐작했다."

라지알이 웃었다.

"네 힘은 내 짐작보다 못하군. 아직 감추고 있는 힘이 있겠지. 하지만 내 힘은 어떻지? 네 짐작을 뛰어넘지 않았나?"

그 말대로였다.

왼팔에는 백은의, 오른팔에는 황금의 건틀릿을 끼고 몸에는 화려한 백금의 갑옷을 입은 라지알은 일곱 군주를 합친 것보다도 거대한 마력을 발하고 있었다.

"우리가 뭘 해도 이길 자신이 있었겠지. 이해한다. 네가 준비한 것에는 정말 놀랐으니까."

전략적 레벨에서의 수싸움에서는 철저하게 패배했다. 라지알은 그 뼈아픈 사실을 인정했다.

"하지만 전지전능하지 못한 것은 너 역시 마찬가지였다."

왕의 권능은 구세록의 초월권족도 모르는 변수였다. 네 명

의 군주가 살해당한 군단이 이토록 강력한 존재를 탄생시킬
수 있으리라고 누가 상상할 수 있겠는가?

"너만 막으면 나머지는 우리 적수가 될 수 없지. 너는 내가
상대해 주마. 그동안 네 동료가 군단에 짓밟히는 걸 지켜봐
라."

라지알이 잔혹하게 웃었다.

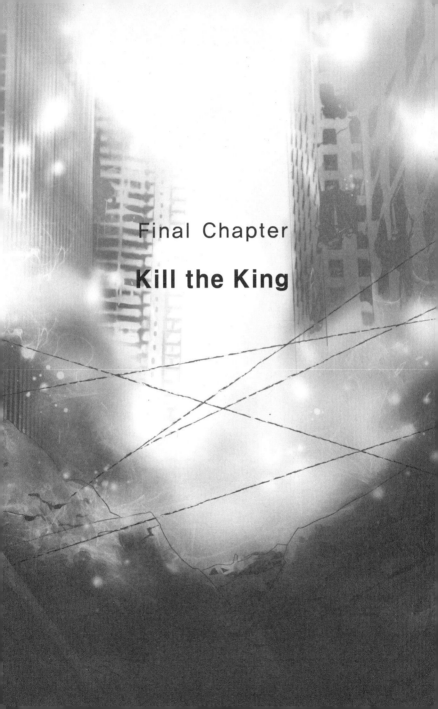

Final Chapter

Kill the King

1

　왕의 권능은 군단을 극적으로 강화시켰다.

　핵심은 두 가지.

　본래대로라면 군단이 병력의 힘을 하나로 모아 통제하는 것은 만 명 정도가 한계였다. 그래서 군단은 만 명을 하나로 묶어서 전단으로 부르고 있었다.

　하지만 왕의 권능은 그 제약을 없애고, 거기에 더해 영적 자원을 소모해서 전원의 힘을 증폭시킬 수 있었다.

　또한 왕의 권능으로 특정한 언데드의 힘을 증폭시켜 군주의 절반 이상에 달하는 마력을 지니게 해줄 수 있는데, 한 번에 그 권능을 적용시킬 수 있는 숫자가 30명에 달했다.

이는 그만큼 영적 자원을 많이 소모하는 권능이다. 하지만 군단이 비축한 영적 자원의 양은 전략 차원에서 봐도 어마어마했다. 아무리 펑펑 써대도 한 번의 전투로는 다 쓸 수가 없을 정도다.

자신들에게 적용되는 이 두 가지 권능을 알게 된 군단 지휘부는 기뻐 날뛰었다. 아무리 적이 강력해도 도저히 질 것 같지가 않았다.

*   *   *

리사는 러시아 모스크바에서 혼란에 빠진 군단을 향해 소총으로 무차별 사격을 가하고 있었다.

하지만 용우처럼 일방적인 학살극을 펼치지는 못했다.

콰쾅! 콰콰콰콰콰쾅……!

적진에서 리사를 향해 무수한 스펠이 날아들어 폭발했다.

전략폭격으로 엄청난 숫자가 죽어 나가긴 했지만, 여전히 군단의 머릿수는 압도적이었다.

통제가 무너진 상황이라고는 하지만 그들이 중구난방으로 쏴대는 공격도 무서웠다.

리사는 침착하게 대응했다. 적들의 공격을 회피하면서 공격을 가해 수를 줄여 나간다. 혼란 속에서 그녀가 사살한 언데드 숫자는 백 명을 넘어가고 있었다.

그때 그녀 앞에 일군의 언데드 무리가 나타났다.

〈인간! 지금까지 설쳐댄 대가를 치를 차례다!〉

자신이 소속된 전단의 힘을 받아 마력이 증폭된 자들이 20명.

그리고 그 앞에는 특출하게 강력한 힘을 뿜내는 두 해골기사가 있었다.

왕의 권능으로 특별히 강해진 자들.

리사는 사격의 반동으로 망가진 총을 버리고 창을 들었다. 아티팩트 빙설의 창이었다.

〈알량한 힘을 믿고 설치는 것도 이제 끝이다.〉

지금 전개된 리사의 마력은 9등급 몬스터를 훨씬 능가하는 수준이다.

하지만 그녀를 죽이기 위해 투입된 언데드 중 그 수준에 이르지 못한 자는 하나도 없었다.

그럼에도 리사는 후퇴해서 동료와 합류하는 대신 맞서기를 택했다.

〈죽어라.〉

언데드들이 공격을 가했다.

섬광이 쏟아지면서 리사의 회피 루트를 차단한다. 그리고 왕의 권능을 받은 해골기사가 돌진해 왔다.

꽈아아아아아앙!

리사와 해골기사가 충돌한 여파로 대지가 터져 나갔다.

무식한 힘 대 힘의 격돌이었다.

〈아니?!〉

해골기사가 경악했다.

리사가 전혀 밀려나지 않았기 때문이다. 그녀의 마력을 생각하면 절대 있을 수 없는 일이었다.

"확실히 별거 아니네."

〈뭐라고?〉

리사의 중얼거림에 해골기사가 발끈하는 순간이었다.

아티팩트 빙설의 창이 눈부신 빛을 발했다.

─프리징 필드!

극저온의 빙결 파동이 폭발했다.

일순간에 반경 1킬로미터가 새하얗게 얼어붙은 세계로 화한다.

〈큭……!〉

하지만 해골기사를 비롯한 최정예 언데드들은 버텨냈다. 리사의 바로 앞에 있던 해골기사의 몸 표면이 살얼음으로 뒤덮였을 뿐이었다.

하지만 그것만으로도 치명적이었다. 잠시 주춤한 해골기사의 빈틈을 리사가 용서 없이 찔렀다.

콰직!

아티팩트 빙설의 창이 해골기사의 몸통을 관통했다.

〈이건, 이럴 리가……?〉

해골기사는 납득할 수 없다는 듯 리사를 바라보았다.

왕의 권능으로 더없이 강대한 마력을 손에 넣었다. 그런데 그런 그의 허공장을 단번에 꿰뚫고 치명상을 입히다니?

그 일을 해낸 리사가 어떤 표정을 짓고 있는지 그는 알 수 없었다. 헬멧이 그녀의 얼굴을 가리고 있었으니까.

오른손으로 창을 쥔 리사의 왼손에 마술처럼 소총 한 자루가 나타났다.

─염동충격탄!

소총이 박살 나면서 섬광이 해골기사를 꿰뚫었다.

콰아아아아앙!

도저히 에너지탄 한 발이라고는 믿을 수 없는 위력이었다.

치명상을 입은 해골기사를 일격에 끝장내 버리고, 그 뒤에 있던 언데드들에게까지 피해를 입혔다.

〈마력을 감추고 있었단 말인가?〉

그제야 사태의 전모를 알아차린 언데드들이 신음했다.

그런 그들에게 리사가 돌진했다.

쫘아아아아앙!

천둥소리 같은 폭음이 터지면서 대지를 뒤덮은 얼음이 산산조각났다. 새하얀 파도가 원형으로 퍼져나갔다.

그리고 그녀와 대치한 언데드 전원이 튕겨 나갔다.

〈이건 말도 안 돼!〉

언데드들은 눈앞의 현실을 믿을 수가 없었다.

아무리 서로 힘을 연계하지 않았다고는 하지만 그들 하나 하나의 힘은 엄청났다. 군단이 수집한 정보대로라면 서용우와 이비연을 제외한 나머지는, 그들 중 하나만 나서도 짓밟을 수 있었다.

그런데 이건 대체 뭔가?

얼음처럼 투명한 푸른 불빛이 리사를 감싸며 피어오르고 있었다.

서울 중심가의 고층빌딩보다 더 크게 보이는, 성대한 불빛이 었다. 그 뿌리 부분에 있는 리사가 개미보다 작아 보일 정도로.

〈하스라 님?〉

리사가 억누르고 있던 힘을 드러낸 순간, 그녀와 대치한 언데드들은 충격으로 말문이 막혔다.

지금 리사가 발하는 존재감이 낯설지 않았기 때문이다.

빙설의 군주 하스라.

그들이 잘 아는 군주와 한없이 유사한 존재감이었고, 동격의 마력이었다.

'느껴져. 이제 힘이 다 차올랐어.'

리사가 헬멧 안에서 눈을 빛냈다.

군주가 다시 되살아난 것 같은 힘의 정체는 바로 구세록의 초월권족이 준비한 결전 병기, 성좌의 의식이었다.

객관적으로 볼 때 서용우와 이비연을 제외한 여섯 명은 최종 결전에서 큰 도움이 되지 못한다. 구세록을 장악해서 힘의 제약을 풀어도 그들의 한계는 명백했다.

하지만 서용우와 이비연은 방법을 찾아냈다.

한 번의 죽음을 대가로 군주를 능가하는 마력을 부여하는 성좌의 의식.

그것으로 리사를 포함한 6명을, 성좌의 화신으로 만든 것이다.

게이트가 열린 시점부터 의식을 발동했기에 6명의 힘은 이미 최고치에 도달해 있었다.

〈힘으로 부딪치지 마! 아군이 태세를 정비할 때까지 시간을 끌어줘야 한다!〉

제복을 입은 언데드가 말했다. 본신 마력은 해골기사가 제일 높았지만, 지휘관 노릇을 하는 것은 그인 것 같았다.

하지만 그런 그들의 대처도 팀 섀도우리스의 상정 범위 내였다.

─초열투창!

그들이 동요를 가라앉히고, 대형을 정비하기도 전에 리사가 맹공을 가했다.

제2우주속도로 쏘아져 나간 아티팩트 빙설의 창이 지휘관 언데드를 관통했다.

─프리징 버스트!

거대한 한기 폭발이 일어났다. 단 한 방으로 빙설의 창이 꽂힌 지휘관 언데드가 박살 나고, 쏟아진 한기가 반경 10킬로미터를 눈과 얼음의 세계로 바꿔 버렸다.

최정예 언데드들은 그 공격을 막아냈다. 하지만 폭발이 일어나는 동안 발이 묶이는 것만은 어쩔 수 없었다.

오로지 빙설의 화신이 된 리사만이 자유로웠다.

―사냥꾼의 축복 3연쇄!

개인화기라기에는 너무 큰 대몬스터 저격총이 리사의 손에 쥐어졌다. 총구 앞에 에너지탄의 위력을 증폭시키는 빛의 고리 3개가 배치되었다.

휴고나 유현애, 차준혁이라면 빛의 고리를 7개 이상 배치할 수 있었으리라. 하지만 팀 섀도우리스에서 전투 기술이 가장 떨어지는 리사에게는 이 정도가 한계였다.

그리고 지금은 이것으로 충분했다.

―유성의 화살!

대몬스터 저격총이 박살 나면서 발사된 섬광이 남은 한 명의 해골기사를 꿰뚫었다.

군주급 마력으로 발한 스펠이다. 그것이 인류가 만들어낸 걸작, 증폭 탄두에 의해 몇 배나 강해진 위력으로 쏘아졌다.

허를 찔린 상태에서 한기 폭발을 막아내느라 주춤한 해골기사는 막아낼 방법이 없었다.

〈……!〉

그는 뭔가 말을 하려고 했지만, 아무것도 말할 수 없었다.

상반신이 통째로 날아간 그를 걷어차서 산산조각 낸 리사가 손을 뻗었다. 그러자 폭발의 중심에 있던 아티팩트 빙설의 창이 스스로 날아서 그녀의 손에 돌아왔다.

'지금부터야.'

이 결전을 위한 비밀병기를 드러냄으로써 가장 위험한 적들을 쓰러뜨렸다.

하지만 리사는 들뜨지 않았다. 진짜 전투는 지금부터였으니까.

'우리 힘이 다하는 게 먼저일지, 아니면 너희가 모두 죽는 게 먼저일지.'

과연 힘이 다하기 전에 아직도 40만 이상 남아 있는 대군을 모두 쓰러뜨릴 수 있을까?

리사는 길게 고민하지 않았다. 그녀는 살기를 피워 올리며 악귀처럼 싸우기 시작했다.

*　　　　*　　　　*

이비연은 프랑스 파리에서 전투를 벌이고 있었다.

처음에는 혼란에 빠진 적을 덮쳐서 일방적인 학살극을 펼쳤다. 하지만 그녀 앞에 세 명의 타락체가 나타나서 제동을 걸었다.

암석인 타락체가 둘, 그리고 상아인 타락체가 하나.

셋 다 이비연이 아는 얼굴이었다.

"벙어리 공주, 오랜만이군."

중후한 저음의 목소리로 말을 걸어온 것은 암석인 타락체였다.

그는 다른 암석인과는 큰 차이가 나는 외모를 갖고 있었다. 돌 같은 피부 위로 용암이 끓어오르는 듯한 붉은 빛이 흐르고 있었으니까.

"이거 어쩌지? 난 이제 벙어리가 아닌데."

"그렇군. 이비연이라고 불러주길 바라나?"

거구의 암석인 타락체가 차분하게 물었다.

그러자 옆에 있던 상아인 타락체가 빈정거리는 어투로 한마디 했다.

"이제 와서 호칭에 신경 쓰는 의미가 있을까?"

"뭐라고 부르든 상관없어. 어차피 너희들 다 여기서 죽을 테니까."

이비연이 헬멧 속에서 싸늘하게 웃었다.

거구의 암석인 타락체가 말했다.

"확실히 너는 강하다. 하지만 우리라면 너를 충분히 잡을 수 있지."

예전에 이비연은 용우에게 말했다.

벙어리 공주 이비연은 군단의 타락체를 통틀어 다섯 손가락 안에 꼽히는 강자라고.

그 말은 즉 최강의 타락체인 라지알을 제외하고도 그녀와 필적하는 강자가 3명은 더 있었다는 뜻이었다.

지금 눈앞에 있는 3명이 바로 타락체의 정점에 선 강자들이다.

"그게 가능할 것 같아?"

"물론."

두 명의 암석인 타락체는 제2세계의 지배계층, 신성한 돌이었다.

용암 같은 빛을 두른 자는 그중에서도 최강의 무투파로 이름났던 자였고, 다른 한 명은 제2세계 어비스의 종반기에 타락체가 된 최강자였다.

그리고 상아인 타락체는 라지알과 비슷할 정도로 신분이 높았던 초월권족이다. 무사 가문 출신으로 최전선에서 군단과 치열하게 싸우다가 타락체가 된 그의 전투 기술은 라지알도 인정할 정도였다.

이 셋은 본신 마력이 이비연과 필적하는 자들이다. 거기에 전신을 아티팩트급 장비로 도배하고, 왕의 권능으로 마력을 대폭 늘렸다.

게다가 이비연을 상대하기 위해 나온 것은 이들 셋만이 아니다.

이들 셋을 포함, 왕의 권능으로 강화된 30명 중에 절반인 15명이 이비연을 잡기 위해 투입되었다.

라지알이 이비연을 얼마나 위험하다고 판단했는지 알 수 있는 부분이었다.

"확실히 막강한 전력이야."

이비연은 그 의미를 잘 알고 있었다. 그런데도 웃음을 지우지 않았다.

문득 그녀가 중얼거렸다.

"아, 시작됐네."

그 말에 적들이 흠칫했다. 그들 역시 세계 곳곳에서 벌어진 이변을 감지했기 때문이다.

"군주의 힘?"

차준혁, 리사, 유현애, 이미나, 리사, 휴고 여섯 명이 성좌의 화신이 되었다.

그들은 힘이 최고치에 달하기 전까지는 힘을 감쪽같이 숨겼다. 이곳이 구세록의 내부 세계고, 구세록의 권능을 장악했기에 가능한 속임수였다.

그리고 적들이 그들을 확실히 없애기 위해 최정예 전력을 투입한 순간, 허를 찔러 그들에게 큰 타격을 입히고 본격적인 전투에 들어갔다.

"어때? 모든 것을 손바닥 위에 올려놓은 줄 알았는데, 계속 뒤통수만 맞는 기분은?"

이비연이 적들을 조롱했다. 적들이 신음을 흘리며 전투태세를 갖추었다.

굳이 대화를 나눌 필요도 없었다. 그들은 자신이 해야 할 일이 이비연을 최대한 빨리 죽이고 다른 지역에 합류하는 것임을 알았다.

쏟아지는 살기 앞에서 이비연이 미소 지었다.

"그리고 너희들도 내가 상정한 범위를 넘지는 못한 것 같은데?"

그녀가 지닌 융합체―굉뢰(轟雷)가 빛을 발하자 마력 파동이 폭풍처럼 그 자리를 뒤흔들었다.

그리고 파리 상공, 아니 유럽 전역의 하늘에서 빛이 쏟아지기 시작했다.

"광휘의 세계수인가?"

이비연의 결전 병기, 광휘의 세계수가 전개되었다.

"이걸 믿고 있을 줄 알았다."

"설마 우리가 대책을 강구하지 않았을 것 같았나?"

이비연을 상대할 때 무엇을 주의해야 하는지 그들이 모를 리가 없었다. 광휘의 세계수 대응책은 완벽하게 준비해 왔다.

그런데…….

"뭐야?"

그럴 줄 알았다는 태도를 보이던 그들의 얼굴에서 여유가 사라졌다.

광휘의 세계수가 한순간에 유럽 대륙보다도 거대한 규모로 하늘을 집어삼켰기 때문이다.

"이런 규모라니, 말도 안 돼……!"

"어떻게, 이렇게 빨리?"

이론상으로 광휘의 세계수는 무한히 확장하며, 무한한 동력원으로 기능한다.

하지만 이론은 어디까지나 이론일 뿐이다. 현실세계에서는 술자의 역량을 넘을 수가 없었다.

아무리 이비연이 강력한 존재고, 융합체까지 가졌다 해도 이만한 규모의 힘을 한순간에 구현할 수 있단 말인가?

"그야 지금 구현한 게 아니니까."

이비연이 어깨를 으쓱했다.

이 결계의 구축은 전략폭격과 동시에 이루어졌다. 전략폭격으로 발생한 거대한 에너지가 이비연의 손에서 변환되어 하늘을 수놓았던 것이다.

그 과정은 구세록의 권능으로 감춰졌다. 이 또한 이곳이 구세록의 내부 세계이기에 가능한 일이었다.

온통 빛으로 가득한 하늘 아래서 이비연이 물었다.

"아직도 너희들만으로 나를 잡을 수 있을 것 같아, 정말로?"

2

세계 곳곳에서 일어난 여섯 개의 불빛.

그리고 유럽의 하늘을 점령해 버린 거대한 빛의 군집체.

그 거대한 존재감은 세계 어디서나 느낄 수 있었다.

라지알의 표정에서 여유가 사라졌다. 그는 무섭게 굳은 표정으로 용우를 노려보며 말했다.

"…구세록 놈들, 이런 것까지 준비해 놓고 있었나."

"놀랍지? 쓰레기 같은 놈들이지만 그래도 나름 놀라운 재주가 있었어. 그걸 제대로 써먹을 능력이 없었을 뿐."

"하지만 이런 힘을 대가도 치르지 않고 쓸 수 있을 리 없다. 필시 그만한 영적 자원을 소모하고 있겠지. 아마 그 이상의 대가도."

라지알은 초월권족의 비술에 통달한 자. 그렇기에 생소한 현상임에도 그 본질을 통찰해 냈다.

"글쎄."

용우의 미소가 짙어졌다.

물론 아무것도 설명해 주지 않을 것이다. 전략폭격이 성공한 시점에서 용우는 더 이상 적에게 친절히 설명해 주는 사람이 될 이유가 없었으니까.

성좌의 화신은 군주를 능가하는 마력을 가진다.

하지만 그 힘도 무한하지는 않았다.

구세록에 비축된 영적 자원이 어마어마하기에, 적어도 이 전투에서는 무진장의 마력이 제공될 것이다. 하지만 전투가 길어지면 그 마력을 담아서 쓰는 그릇에도 한계가 올 수밖에 없다.

'죽음의 리스크는 피했어도, 전혀 리스크가 없을 수는 없는 거지.'

구세록을 장악한 용우와 이비연은 성좌의 화신에 대해서도 어이없는 사실을 알게 되었다.

두 사람이 구세록의 초월권족과 싸웠을 때, 그들은 한 번의 죽음을 대가로 그 힘을 구현했다.

하지만 사실 그때는 다른 선택지가 없어서 그랬을 뿐, 그들이 생각한 군단과의 최종 결전에서는 그 대가조차 지불할 생각이 없었다.

'인신공양에 환장한 것들.'

그 시점에서 군단의 침략을 받는 세계. 나아가서는 자신들이 군단을 무찌른 다음 지배해서 안주할 세계의 주민을 제물로 삼아, 대신 죽음의 리스크를 받게 할 생각이었다.

정말로 그들다운 추악함이었다.

그래서 용우와 이비연은 그들에게 자신이 저지른 짓의 의미를 알려주기로 했다.

구세록의 지옥에 영혼이 갇힌 그들을 부활시킨 뒤, 팀 섀도우리스가 성좌의 화신이 될 때의 리스크를 대신 짊어지는 제물로 만들어주었던 것이다.

그래서 팀 섀도우리스는 죽음의 리스크 없이 그 힘을 쓰고 있었다.

'머릿수 차이는 거의 1 대 9만. 하지만 결국 승패를 가르는 가장 중요한 포인트가 일대일 대결이라는 게 웃기는군.'

용우와 라지알, 둘의 싸움이 이 전투의 핵심이었다.

"이제는 이해했겠지? 궁지에 몰린 게 어느 쪽인지?"

"……"

라지알이 이를 악물었다.

그 말대로였다. 궁지에 몰린 것은 팀 섀도우리스가 아니라 군단이었다.

"잘도 우리를 여기까지 몰아넣었구나……."

라지알이 씹어 삼킬 듯한 흉흉한 눈으로 용우를 노려보았다.

하나부터 열까지, 용우의 의도에 놀아났다. 그 결과 군단은 외통수에 몰리고 말았다.

이제 방법은 하나뿐이다. 군단이 파멸하기 전에 라지알이 용우를 쓰러뜨려야 한다.

"너만 막으면 나머지는 우리 적수가 될 수 없어. 너는 내가 상대해 주마. 그동안 군단이 내 동료들에게 짓밟히는 걸 지켜봐라."

용우가 라지알의 말을 고스란히 돌려주었다. 그리고 검을 들어 올리며 웃었다.

"자기가 끝판왕인 줄 알았는데, 사실은 절대 깰 수 없는 악몽 난이도에서 발악하는 플레이어였다는 걸 알게 된 소감은 어때?"

"……."

"하긴 지구인 아니면 알아듣기 어려운 비유겠군. 그래도 뉘앙스는 전해지지?"

"…너만 잡으면 된다."

라지알은 백금의 광채를 발하는 양손 대검을 들어 올리며 말했다.

"그래. 그게 유일한 길이지. 하지만 나를 못 잡으면 그 대가는 네가 생각하는 것보다 훨씬 끔찍할 거야."

"파멸보다 끔찍한 대가는 없지."

"아니, 있어. 곱게 죽을 수 있다는 착각부터 버리시지?"

"뭐?"

라지알이 흠칫했다. 지금까지 모르던 사실 한 가지를 깨달았기 때문이다.

용우에게 살해당한 군단의 언데드, 그 영혼들이 전부 어디론가 끌려가고 있었다.

"구세록 놈들이 아주 좋은 걸 만들어놨더군. 지옥이라고."

그곳은 본래 죄 없는 자들이 끌려가 희생당하는 곳이었다.

"그래서 그 이름에 어울리는 곳으로 만들어줬지."

지옥에 갈 만한 놈들을 거기다 처넣었다. 그리고 계속 처넣을 것이다.

용우는 군단을 곱게 죽여줄 마음이 추호도 없었다. 구세록의 지옥으로 보내서 마지막의 마지막까지 쥐어 짜내어 줄 것이다.

"너도 거기로 가게 될 거야. 영혼 밑바닥까지 쥐어 짜낸 다음에 소멸시켜 주지."

"그거 잘됐군."

라지알의 붉은 눈이 흉흉한 빛을 발했다.

"너희 모두를 죽이고 그 지옥이란 걸 손에 넣어주지."

그리고…….

콰아아아아아앙!

0세대 각성자와 군단의 왕이 격돌했다.

*   *   *

구세록의 권능으로 복제된 가짜 지구, 그 세계 전역이 전장으로 화해 있었다.

유현애와 이미나는 호주 대륙에서 6만 대군을 상대로 싸우고 있었다.

두 사람을 잡기 위해 군단은 왕의 권능으로 강화된 개체 다섯을 투입했다. 하지만 두 사람은 그들과 정면 승부를 하지 않았다.

충돌을 피하면서 군단의 병력을 줄이는 것에 주력하고 있었다.

군단 입장에서는 정말 짜증 나는 전술이다. 그것은 유현애와 이미나 입장에서는 그만큼 합리적인 전술이라는 뜻이었다.

문득 유현애가 중얼거렸다.

"…시작됐네요."

느껴진다. 바다 저편, 머나먼 한반도에서 일어난 힘의 파동이.

인천공항에서 비행기로 10시간 넘게 걸리는 호주인데도 그 힘이 느껴진다니, 참 터무니없게 들리는 소리였다.

'하지만 지금은 그게 현실이지.'

유현애는 새삼 자신이 말도 안 되는 상황에 처해 있음을 실감했다.

그녀의 눈이 하늘로 향한다.

익숙한 푸른 하늘은 없었다. 하늘은 혼탁한 색으로 불타고 있었고, 주변 공기는 온갖 독성물질로 가득했다.

구세록으로 복제 구현한 지구는 이미 죽음의 별이 되어버렸다.

그럴 수밖에 없다. 군단에 스윙바이 기술로 가속한 골렘 400기를 떨궈서 폭발시킨 여파였다.

'만약 군단의 침공이 1세기만 빨랐다면?'

그랬다면 어땠을까?

인류는 과연 그 시련을 이겨낼 수 있었을까?

우주적인 관점에서 볼 때, 지구 인류가 지금까지 살아남은 것은 기적 같은 행운이라고 한다. 먼 우주에서 일어나는 일을 거론할 것도 없이, 가까운 천체인 태양에서 일어나는 이변만 해도 인류를 멸망시킬 가능성이 있었으니까.

유현애는 군단의 침공 역시 그런 일 중 하나라고 생각했다.

이미 천 년 이상 침략 전쟁을 계속한 군단이 지구에 도달하는 게 100년, 아니 수십 년만 빨랐어도 인류 문명은 손쓸 도리 없이 끝장나고 말았으리라.

'이 풍경이 그 증거겠지.'

그녀가 보고 있는 것이야말로 멸망한 세계의 모습이다.

유현애는 그 사실에서 현실감을 느끼기 어려웠다. 하지만 그러면서도 그 어느 때보다 생생하게 현실을 자각하고 있었다.

'이 풍경을 현실로 만들지 않으려면……'

이 싸움에서 승리해야만 한다. 오직 그것만이 답이다.

"이제부터는 진짜 쉬지 않고 바쁘게 움직여야겠네."

한반도에서 시작될 일대일 대결은 이 전쟁의 승패를 결정할 일전이다.

하지만 그럼에도 유현애와 이미나의 역할은 중요했다. 정확히는 팀 섀도우리스 전원의 역할이지만.

이제부터 그들은 더욱 열심히 군단 병력을 줄여야 한다. 그것이 승산을 높일 수 있는 유일한 방법이니까.

　　　　*　　　　*　　　　*

　용우와 라지알은 과거에 한 번 싸워본 적이 있었다.

　그러나 그때의 용우는 분신이었고, 라지알 또한 왕이 아닌 타락체일 뿐이었다.

　다시 만나 서로의 목숨을 노리는 둘은 그때와는 비교도 안 될 정도로 강해져 있었다.

　콰아아아아아앙!

　둘이 격돌한 여파를 버티지 못하고 대지가 터져 나갔다. 그 폭발이 수 킬로미터 저편까지 뻗어 나갔다.

　하지만 폭발이 발생한 시점에서 용우와 라지알은 그 자리에 없었다.

　쾅! 꽈광! 꽈과과과과광⋯⋯!

　둘의 전장이 되기에 서울은 너무 좁았다.

　최초의 격돌이 일으킨 여파가 다 퍼져 나가기도 전에 경기도 전역, 아니 그보다 더 먼 곳에서도 폭발이 연달아 터졌다.

　둘의 격돌은 공간적 연속성을 초월했다. 짧게는 수십 미터 단위, 길게는 수십 킬로미터 단위로 정신없이 공간을 뛰어넘으며 부딪치고 있었다.

　파지직!

　어느 순간, 라지알의 공세가 용우의 방어를 넘어섰다.

　공간을 뛰어넘으며 날아든 검격이 용우의 몸을 스치고 지나갔다.

'검술은 놈이 위군.'

용우는 그 사실을 인정할 수밖에 없었다.

하긴 용우는 격투전에서 이비연보다 뒤진다. 이비연의 격투전 재능은 천재적인 수준을 넘어 불가해한 수준이었으니까.

그리고 라지알의 격투 기술은 이비연과 대등한 수준이었다.

무엇보다 위험한 것은 초공간검술이었다.

파지지직!

또다시 라지알의 검이 용우의 몸을 스쳤다.

용우의 초공간검술은 어비스의 구조가 만들어낸 작품이었다. 개인의 재능과 노력만으로 이뤄진 게 아니라, 어비스의 각 성자들이 죽고 죽이면서 그 성과가 하나로 통합된 결과물인 것이다.

그에 비해 라지알의 초공간검술은 유구한 역사를 거쳐 정립된 전투 기술이다. 그리고 라지알 자신이 타락체가 된 후 천년 동안 탐욕스럽게 기술을 갈고 닦았으니, 그 완성도가 뛰어날 수밖에 없었다.

하지만 싸움의 승패는 검술만으로 정해지는 게 아니다.

쾅!

초공간검술로 용우를 위협하던 라지알이 튕겨 나갔다.

"음……!"

라지알이 침음했다.

왕의 권능은 그의 마력을 터무니없는 수준까지 높여주었다. 일곱 군주를 합친 것보다도 월등하다. 지금의 그라면 일곱 군주가 살아 돌아와서 한꺼번에 덤빈다고 해도 제압할 수 있을 정도였다.

출력만 봐도 그렇고 마력 비축량, 회복력까지 따지면 더욱 말도 안 되는 수준이다. 그가 온힘을 다한다면 지구 그 자체를 소멸시키는 것도 별로 어렵지 않았다.

이 힘을 손에 넣었을 때, 라지알은 온 우주를 통틀어도 대적할 자가 없는 절대자가 되었다고 확신했다.

"확실히 나도 네 힘을 완전 잘못 계산했지. 그 점은 인정한다."

그런데 놀랍게도 지금의 라지알과 필적하는 존재가 있었다.

정보세계이기에 용우는 어비스 최전성기의 자신을 재현하고 있었다. 그런 그가 궁극의 융합체 네뷸라를 든 것이다.

불꽃의 활, 대지의 로드, 빙설의 창, 새벽의 해머, 광휘의 검까지 성좌의 무기 5개.

하스라 코어, 볼더 코어, 두라크 코어, 소우바 코어까지 군주 코어 4개.

이 9개의 요소가 하나로 통합된 것이 네뷸라였다. 게다가 구세록을 장악하면서 성좌의 무기에 걸려 있던 출력 제한까지 풀린 상태.

지금의 용우는 마음만 먹으면 일격으로 지구를 두 조각 낼 수도 있을 것이다.

"그런데 어쩌지? 계산은 빗나갔어도 충분히 감당이 되는데?"

용우가 손가락으로 헬멧을 툭툭 치며 라지알을 도발했다.

우주적인 권능의 소유자 둘이 지표면에서 격돌한 여파는 그 자체로 재앙이었다. 지금까지는 사실상 탐색전에 불과했는데도 한반도의 3분의 1이 초토화되었다.

그리고 정말 두려운 사실은, 용우와 라지알은 지금까지 가벼운 탐색전을 벌였을 뿐이라는 점이다.

'역시 지구에서 붙는 걸 피한 게 정답이었다. 환경 파괴야 어떻게든 되겠지만, 지구 그 자체가 부서지면 답이 없지.'

지구 환경이 죽음의 별이 되는 것까지는 어떻게든 뒷수습이 가능했다.

성좌의 무기 일곱 개가 모두 손에 들어온 데다가, 군주 코어까지 있었으니까. 구세록에 축적된 영적 자원을 펑펑 써대면 지구 환경을 복원하는 테라포밍 작업은 충분히 가능했다.

물론 문명의 흔적이 죄다 지워져 버리는 것은 어쩔 수 없다. 수십억 인류를 데리고 문명을 선사시대부터 다시 시작하는 작업은 정신이 아득해지는 작업일 터.

그래도 인류 멸망보다는 훨씬 행복한 엔딩이 아니겠는가?

하지만 테라포밍도 지구 그 자체는 남아 있어야 가능한 일이다. 용우와 라지알이 전력을 다해 싸우다 보면 지구 그 자체가 박살 날 가능성도 충분했다.

'자꾸 그 쓰레기 자식들한테 고마운 마음이 들어서 곤란하
군.'

구세록의 초월권족이 비열한 속셈으로 준비해 놓은 것들이
없었다면 큰일 날 뻔했다. 불리함을 감수하고 군단의 세계로
쳐들어갈 수밖에 없었을 것이다.

"네놈이 애써 도발하지 않아도 그렇게 할 거다."

짧은 순간, 라지알은 태세를 정비했다. 그의 능력을 강화하
던 스펠들이 무서운 속도로 갱신되었다.

탐색전으로 파악한 용우에게 맞춰서 전투 세팅을 최적화하
는 것이다.

그런 라지알에게 용우가 말했다.

"그렇게 느긋해도 괜찮을까? 째각째각. 시간이 가는 소리가
들리지 않나? 네 사랑스러운 군단원들이 죽어가고 있잖아? 네
그 힘이 언제까지 유지될까?"

그 말에 라지알은 가슴이 덜컥 내려앉았다.

'이 녀석, 설마……'

동요하는 라지알에게 용우가 확인 사살을 하듯 말했다.

"이제 39만 명 밑으로 떨어졌군. 아직은 타격이 없는 것 같
은데, 과연 몇 명 밑으로 떨어지면 네 힘이 감소하기 시작할지
궁금한데?"

"……"

라지알이 입술을 깨물었다.

용우는 왕의 권능이 어떤 구조로 성립하는지 간파하고 있었다.

왕의 권능의 핵심은, 거느린 군단원이 많으면 많을수록 강해진다는 점이다.

하지만 군단원이 많다 해도 라지알 하나가 가질 수 있는 힘에는 한계가 있다.

그렇지 않았다면 라지알의 힘은 전투가 시작된 이래로 지금까지 계속 감소하고 있으리라.

"곧 38만 명 미만이 될 것 같은데, 어때? 아직도 여유가 넘치나?"

이곳은 구세록 내부 세계였다. 구세록의 초월권족이 최종 결전에서 군단을 멸절하기 위해 정교하게 설계한 덫이다.

군단은 이곳에 진입한 순간, 자신들의 전력을 낱낱이 파악 당할 수밖에 없었다.

머릿수는 물론이고 개개인의 위치와 마력, 신체 상태 그리고 특별한 힘까지 모두.

왕의 권능도 예외는 아니었다. 본질까지는 아니더라도 그 구조는 간파당하고 말았다.

전쟁에 있어서 정보가 차지하는 비중은 매우 크다. 그리고 팀 섀도우리스는 압도적인 정보 우위를 쥐고 있었다.

팀 섀도우리스는 군단이 자신들을 잡기 위해 배치한 강자들과 싸워주지 않았다. 구세록이 제공해 주는 정보를 십분 활용하면서 철저하게 군단원을 학살하는 것에 집중했다.

용우가 도발적으로 고개를 갸웃하며 물었다.

"뭐 해, 빨리 덤비지 않고? 시간 많은가 봐?"

라지알은 그 도발을 무시할 수 없었다.

3

시간은 군단의 편이 아니었다.

시간이 흐를수록 라지알과 군단은 계속해서 불리해진다. 그리고 그것도 마지노선이 무너지기 전까지의 이야기다.

군단원의 수가 특정 수치 이하로 감소하는 순간, 라지알의 힘이 감소할 것이고 그때부터는 걷잡을 수 없는 파멸에 집어 삼켜지리라.

라지알은 애써 초조함을 가라앉혔다.

'무리를 해서라도 끝을 내야 한다.'

대가 없는 힘은 없다. 라지알 스스로 한 말이다.

그것은 라지알 자신에게도 적용되었다.

그가 쓰는 왕의 권능은 군단이 비축한 영적 자원을 대가로 소모하고 있다. 전략 자원으로 분류될 정도의 비축량이, 단 한 사람의 권능을 구현하는 데 쓰이고 있는 것이다.

그 소모량은 어마어마했다. 용우와 싸우기 시작한 후로는 밑 빠진 독에 물을 붓는 심정이 어떤 것인지 절절하게 실감할 정도였다.

하지만 설령 이 전투에서 모든 영적 자원을 소모한다 해도, 그는 반드시 이겨야만 했다.

후우우우우…….

그의 주변에 서로 다른 색을 띤 세 개의 빛이 타오르기 시작했다.

대지, 광휘, 뇌전의 권능을 상징하는 불빛들이었다.

"왕의 권능, 그 진가를 보여주마."

그 불빛이 라지알의 몸에 겹쳐지면서, 라지알의 마력이 더욱 높아지기 시작했다.

그것을 본 용우는 살짝 당혹감을 느꼈다.

'이놈, 아직도 마력을 상승시킬 수 있었나?'

라지알에게 아직 여력이 있다는 것은 간파하고 있었다. 하지만 용우가 생각한 그의 전력은 이런 형태가 아니었다.

설마 아직도 마력 그 자체를 상승시킬 수 있을 줄이야?

'과출력 모드라는 카드가 남아 있었단 말이지?'

이제 라지알의 마력이 확실하게 용우를 웃돌았다.

"간다!"

라지알의 움직임이 더욱 빨라졌다. 일격 일격의 위력이 강해졌다.

물론 용우도 당하고 있지 않았다.

—공허 가르기!

공간을 뛰어넘은 일격이 라지알을 노렸다.

라지알은 그것을 가볍게 피해냈지만, 그 순간 용우의 손에 영롱한 빛을 발하는 커다란 망치가 나타났다.

—형상복원!

열화 복제된 새벽의 해머가 극초음속으로 라지알을 노렸다.

꽝!

라지알은 막아내는 것과 동시에 반격했다.

—라이트닝 버스트!

본래 낙뢰를 받아서 그 에너지를 집중 및 증폭한 다음 쏘아내는 스펠이다. 하지만 에우라스 코어를 가진 라지알은 그런 과정을 생략하고 뇌전 폭풍을 뿜어내었다.

그런데 그때였다.

—천지를 가르는 빛!

열화 복제된 새벽의 해머가 산산이 터져 나가면서, 그 안에 내재된 권능이 발현되었다.

일순간 주변이 캄캄해지면서 모든 것이 정지했다.

그리고 그 한복판을 가르듯이 날카로운 빛살이 뻗어 나간다.

마치 산 저편에서 어스름을 찢으며 새벽을 알리는 태양빛처럼.

'이런 식으로 쓸 수 있단 말인가?'

한순간 정지했던 공간의 시간이 다시금 흐르면서, 라지알이 발한 뇌전 폭풍도 갈라져 흩어졌다.

거의 절대 방어라고 할 수 있는 권능이었다. 이런 것을 형상 복원해서 구현한 열화 복제품 따위로 해내다니, 놀랄 수밖에.

'아니, 가능한 게 당연하군.'

하지만 라지알은 곧 그 사실을 받아들였다.

지금의 그와 용우는 군주를 아득히 초월한 힘으로 싸우고 있다. 일시적으로 구현한 열화 복제품에 군주급 힘이 담겨 있어도 하등 이상할 게 없었다.

쾅!

용우의 역습에 라지알이 튕겨 나갔다.

그는 곧바로 자세를 바로잡으려고 했지만 용우가 추격해 와서 연속 공격을 가하는 게 더 빨랐다.

콰앙!

라지알이 튕겨 나가는 속도가 더 빨라졌다.

쫘과광!

뭔가 해보기도 전에 한 번 더 충격이 가해지면서, 그를 더욱 가속시켰다.

'이런……!'

라지알이 낭패한 표정을 지었다.

산을 넘고 도시를 가로지른 그의 몸이 인천의 빌딩에 충돌했다.

쾅! 콰쾅! 콰콰콰콰쾅!

인천 시가지를 부수면서 날아간 그가, 인천 앞바다에 처박혔다.

콰아아아아아!

수십 미터에 달하는 물보라가 일어났다.

―프리징 필드!

그리고 일어나는 기세 그대로 얼어붙었다.

기괴하고 두려운 광경이었다.

마치 시간이 정지해 버린 것 같았다. 그렇지 않고서야 반경 10킬로미터 안쪽의 모든 것이 한순간에 얼어붙을 수가 있겠는가?

한순간에 인천항 전부, 그리고 그 너머의 바다 수십 킬로미터까지 얼려버린 용우가 손을 들었다. 그러자 거기에 빙설의 창 열화 복제품이 나타났다.

―프리징 버스트!

용우가 던진 창이 극초음속으로 날아가 얼어붙은 바다를 꿰뚫었다.

하지만 그 공격이 닿는 것보다 라지알이 반격하는 게 빨랐다.

―광휘의 해일!

일순간 세상이 하얗게 변했다.

얼어붙은 바다 안쪽에서 빛이 쏟아져 나온다. 이 세상 전부를 채울 정도의 빛이.

인간이 보는 만물의 형상은 빛이 그려내는 예술이다. 하지만 그 빛이 너무 강해지면 세상은 더 이상 모습을 드러낼 수 없게 된다.

만물이 형상을 잃고, 오로지 단색의 빛만이 가득한 세계.

용우는 그 세계의 완성을 두고 보지 않았다.

―새벽의 문!

그리고 온통 하얗게 덧칠되었던 세계에, 구분 가능한 형상이 나타났다.

밤과 낮의 경계, 어슴푸레한 시간이 용우 주변에 구현되면서 여명이 뻗어 나오기 시작한다.

그리고 세상을 가득 채우는 빛이 그 속으로 빨려 들어가 소멸했다.

―구전광(球電光) 무한연쇄!

마치 그 순간을 기다렸다는 듯 무수한 뇌전의 구체가 공간을 점유하며 폭발했다.

―뇌전 포식자!

용우가 곧바로 대응책을 내놓았다. 그의 주변에 나타난 24개의 광점이 뇌전을 빨아들였다.

하지만 라지알은 담담하게 다음 수를 이어갔다.

용우를 향해 날아간 뇌전 구체들은 소멸했지만 다른 곳에 나타난 뇌전 구체들은 멀쩡했다. 그것들이 번쩍이며 라지알에게 집결했다.

―천둥신의 진노!

뇌전계 최강급 공격 스펠이었다.

그것도 한 발이 아니었다. 낙뢰 수십 발을 합친 위력의 스펠이 다발로 구현되면서 뇌전 폭풍이 휘몰아쳤다.

꽈과과과과과……!

용우에게 직격한 뇌전 폭풍이 수십 킬로미터 일대를 집어삼켰다.

동시에 라지알은 그 폭풍 속으로 뛰어들었다.

'군주 살해자, 네 유일한 약점이지.'

네불라에는 뇌전의 권능이 존재하지 않는다.

뇌전 폭풍 속에서 자유롭게 움직일 수 있는 것은 라지알뿐이었다.

투콱!

뇌전이 미쳐 날뛰는 공간 속에서 라지알의 공격이 용우를 위협했다.

'하지만 두 번 통용되진 않을 터. 이걸로 끝낸다!'

마력도, 힘도, 속도도 우위를 점한 상태에서 환경까지 자신의 편으로 만들었다. 라지알은 이 뇌전이 스러지기 전에 결판을 낼 생각이었다.

그런데 그때였다.

어슴푸레한 빛이 일어나 용우를 감쌌다.

'뭐야?'

동시에 용우가 가속했다.

'더 가속할 수 있었단 말인가?'

라지알이 놀랐다.

지금까지도 둘은 초가속 상태로 싸우고 있었다. 물질의 움직임을 가속시키는 효과만이 아니라, 시공간에 간섭하는 가속 스펠도 여러 개 중첩한 채로 싸우고 있었기에 모든 움직임이 음속의 수십 배에 달했다.

그런데 용우가 한 번 더 가속해서 전투 템포를 높인 게 아닌가?

투앙!

빗방울 하나가 떨어지듯 가벼운 일격이 라지알의 방어를 때렸다.

콰콰콰콰콰……!

뒤이어 소나기 같은 연타가 쏟아졌다.

라지알이 정신없이 밀리기 시작했다.

서로 마력을 비교하면 라지알이 용우보다 위였다. 격투의 기교도 마찬가지였다.

하지만 용우가 속도를 더 끌어올리자 그 우위가 무색해졌다.

파밧!

용우의 검, 네뷸라가 라지알의 볼을 스치고 지나갔다.

'제기랄!'

용우의 공격이 너무 빠르다. 라지알은 공격을 막는 것에만 급급했다.

'새벽의 권능인가? 여태까지 다 끌어내지 않고 있었던 거군!'

시공간에 직접 간섭이 가능한 권능.

투자되는 마력에 비해 현상의 규모는 작다. 하지만 일대일 전투에서는 다른 어떤 권능보다도 위험했다.

그리고 새벽의 해머와 새벽의 군주 두라크의 코어는 모두 용우의 소유였다.

쾅!

결국 용우의 공격이 라지알의 방어를 웃돌았다. 호쾌한 올려 차기가 라지알을 하늘로 쳐 날렸다.

쾅! 콰쾅! 콰콰콰쾅!

공간을 격하는 연속 공격이 라지알을 높이, 더 높이 쳐올렸다.

용우가 차갑게 웃었다.

'못 참고 달려들 줄 알았다.'

절박한 상황에 빠진 라지알은 심리적 허점을 드러내고 말았다. 그리고 용우는 그 허점을 찌를 비장의 패를 준비해 두고 있었다.

'성층권까지 날아갔군.'

라지알은 순식간에 고도 40킬로미터를 돌파했다. 용우도, 라지알도 서로를 육안으로 확인할 수 있는 거리가 아니었다.

하지만 용우는 구세록의 권능을 써서 라지알을 바로 앞에 있는 것처럼 생생하게 포착했다.

철컥……!

그의 손에는 4미터에 달하는 거대한 포신이 잡혀 있었다.

윙 슈트에 탑재되었던, 35㎜ 포탄을 쏘기 위한 포신이었다.

용우는 권희수의 마지막 연구 성과를 손에 넣은 시점부터 가능한 모든 준비를 했다.

크로노스 그룹의 기술자들이 밤을 새워가며 용우를 위해 만든 '일회용' 35㎜ 포 역시 그중 하나였다.

우우우우우우우!

M—링크 시스템이 발동, M슈트가 타오르는 듯한 빛을 발했다.

그 자체로 거대한 폭풍우와도 같았던 용우의 마력이 폭발적으로 증폭된다. 행성을 집어삼키는 거대한 존재감이 대기를 뒤흔들었다.

그것으로 끝이 아니다. 용우는 절대적인 마력 통제력으로 그 마력을 극한까지 압축했다. 물질이었다면 중력붕괴가 일어나고도 남았을 정도로 압축된 마력이 스펠의 형태로 35㎜ 증폭탄두에 실렸다.

─유성의 화살!

그리고 별조차 부술 수 있는 일격이 발사되었다.

……!

발사 시점에서 표적과의 거리는 41킬로미터.

하지만 그 거리는 존재하지 않는 것이나 마찬가지였다. 한없이 광속에 가까운 속도로 발사된 에너지탄이 표적을 꿰뚫었다.

*   *   *

일순간, 지상의 모든 존재가 움직임을 멈췄다.

"……."

필사적으로 발버둥 치는 군단만이 아니었다. 그들을 학살하던 팀 섀도우리스 역시 마찬가지였다.

"맙소사."

아메리카 대륙에서 군단과 격전을 벌이던 휴고가 숨을 삼켰다.

지금, 한반도의 인천 앞바다에서 상상도 못 할 일이 일어났다.

그곳에서는 언제 지구 그 자체를 파괴해도 이상하지 않을 힘을 가진 자들이 격돌하고 있었다. 그리고 방금 전, 별을 부수는 힘이 천공을 꿰뚫었다.

　그 신화적 힘의 발현을 모두가 느꼈다. 마력을 다루는 자라면 누구나 압도당할 수밖에 없었다.

　"설마 끝난 건가?"

　휴고와 함께 싸우던 브리짓이 아연해하며 중얼거렸다.

　　　　＊　　　　　＊　　　　　＊

　하늘을 불태우던 혼탁한 구름에 커다란 구멍이 뻥 뚫렸다.

　"크억……!"

　그 구멍 너머, 고도 41킬로미터 지점에서 신음이 터져 나왔다.

　성층권의 허공에서 기이한 현상이 벌어지기 시작했다.

　라지알이 품었던 융합체, 그것을 중심으로 마치 누군가 허공에 그림을 그리듯이 한 사람의 모습을 나타내는 것이 아닌가?

　그것은 무(無)에서 유(有)가 태어나는 과정처럼 보였다.

　"내가… 살아 있나?"

　완전히 소멸했다가 되살아난 라지알이 떨리는 목소리로 중얼거렸다.

　되살아난 것은 육체뿐이다. 장비는 흔적도 없이 사라졌기에 라지알은 알몸으로 성층권에서 낙하하고 있었다.

'어째서 살아 있는 거지?'

분명히 일격에 숨통이 끊어졌었다. 심지어 핏방울 하나 남기지 못하고 소멸하는 죽음이었다.

'설마 왕의 권능은, 왕을 불사의 존재로 만드는 건가?'

라지알이 흠칫 몸을 떨었다. 왕의 권능이 그 추측이 옳다고 알려주었기 때문이다.

군단의 왕이 된 시점부터 라지알은 불사의 존재가 되었다. 죽어도 얼마든지 되살아난다.

하지만 그 불사에는 제한이 있었다.

왕의 인장이라 할 수 있는 융합체가 존재해야 한다. 그리고 부활하기에 충분할 정도로 많은 영적 자원이 소모된다.

'의존할 수 없다.'

라지알은 곧바로 그 불사성에 낮은 평가를 내렸다.

서용우에게는 '필멸자의 세계'라는, 융합체를 파괴할 수단이 있다. 또한 군단의 영적 자원은 무한하지 않다.

'하지만……'

그럼에도 쓸모없는 것은 아니다. 충분히 활용할 만한 무기였다.

'잠깐.'

문득 라지알은 섬뜩한 사실을 떠올렸다.

'왜 놈이 추격해 오시 않지?'

자신이 되살아난 시점에서, 용우는 그 사실을 파악했을 것이다.

그런데 왜 아무것도 하지 않는 것인가?

추격해 오기는커녕 공격하는 기미조차 보이지 않는다.

그리고 라지알은 곧 그 답을 알 수 있었다.

*   *   *

쿠구구구구…….

굉음이 잦아들고 있었다.

용우는 박살 나버린 35㎜ 포를 내던졌다.

'혹시나 했는데 정말로 불사신인가?'

그러면서 성층권에서 라지알이 되살아나는 것을 보며 혀를 내둘렀다.

되살아나는 동안에는 정신을 제대로 차릴 수 없을 것이다. 그 틈을 노려서 한 번 더 같은 공격을 먹일 수도 있을 터.

하지만 용우는 빗나갈 가능성이 높은 공격에 마력을 소모하는 대신 다른 길을 선택했다.

우우우우우…….

네뷸라가 빛을 발한다. 영롱한 빛이 폐허가 된 인천항을 감싸고 타오르기 시작했다.

그리고 용우가 아공간에서 대몬스터 저격총을 꺼내 손에 쥐었다.

'강한 소수를 상대하기 위한 체제가 정말 잘 확립되어 있는 건 알겠다. 짜증 날 정도군.'

고작 여덟 명밖에 안 되는 팀 섀도우리스가 수십만 대군과 대적하는 것은 결코 쉬운 일이 아니었다.

성좌의 화신이 되어 군주급의 마력을 행사한다지만, 적의 숫자는 수십만이다.

잡병들조차 6등급 몬스터 수준의 마력을 가졌고, 그들 수만 명의 힘을 하나로 묶어 거대한 힘의 흐름을 자아낼 시스템까지 갖추고 있다.

그것은 군주조차 사냥할 수 있는 힘이다.

정면으로 대적했다면 아무리 성좌의 화신이라고 해도 이미 패배했으리라.

'왕의 권능이라는 것 때문이겠지.'

이비연이 알기로 군단의 전투 시스템이 이 정도로 막강하지는 않았다. 필시 라지알이라는 왕이 탄생하면서 예전에는 불가능한 일이 가능해진 것이리라.

'권 박사가 아니었다면 이기기 어려운 싸움이었을지도 모르겠어.'

개개인의 마력이 높은 것만으로는 이 머릿수 차이를 극복할 수 없었다.

구세록의 권능으로 압도적인 정보 우위를 쥐고, 현대 화기를 쓸 수 있기에 치고 빠지는 식으로 싸울 수 있는 것이다.

'자, 그럼 어디 얼마나 대비가 잘 되어 있는지 볼까?'

용우가 총구를 허공에 대고 그대로 방아쇠를 당겼다.

*　　　*　　　*

군단은 가짜 지구 곳곳의 17개 포인트에 흩어져 있었다.

그들은 적의 존재가 명확해진 시점부터 집결하기 시작했다. 대단위로 뭉치면 뭉칠수록 강해지기 때문이었다.

이탈리아 로마에 진입한 1만 7천 병력은 워프 게이트를 통해 독일 베를린에 집결했다. 그리고 프랑스 파리의 병력과 힘을 연결하는 작업을 진행 중이었다.

그런 그들을 한줄기 섬광이 덮쳤다.

〈……!〉

까마득한 상공 어딘가에 워프 게이트가 열린 시간은 그야말로 만분의 1초도 안 되는 찰나.

하지만 광속에 가까운 에너지탄이 공간을 넘어오기에는 충분한 시간이었다.

콰아아아아아아!

그 일격이 그들의 방어막을 꿰뚫고 대폭발을 일으켰다.

그리고 그들이 사태를 파악하기도 전에, 2격과 3격이 그들을 덮쳤다.

＊　　　＊　　　＊

라지알은 성층권에서 그 참사를 지켜보았다.

"……."

말도 안 되는 짓이었다.

한반도 인천에서 쏜 공격이, 거의 동시적으로 베를린을 덮친다니.

하지만 공격자가 서용우라면 말이 됐다. 라지알도 비슷한 일을 할 수 있을 테니까.

라지알이 부활의 후유증을 다스리는 잠깐 사이, 서용우가 죽인 군단원의 수는 4천을 넘어가고 있었다.

'하나부터 열까지… 빠져 나갈 길이 막혀 버렸다.'

서용우는 소름 끼치도록 철저했다.

그는 라지알에게서 모든 선택지를 빼앗았다. 라지알에게 차분히 생각을 정리하고, 전투를 준비할 자유 따위는 없었다.

그에게 허락된 것은 오로지 앞뒤 가리지 않고 필사적으로 서용우에게 덤비는 것뿐이었다. 그것이 절대적으로 불리한 입장임을 알면서도 그럴 수밖에 없었다.

"군주 살해자……!"

라지알은 그 절망감에 울분을 터뜨리며 강하하기 시작했다.

그런 그의 움직임을 포착한 용우는 방금 전의 사격으로 망가진 총기를 던져 버렸다.

"불사의 왕, 그 대단한 권능의 바닥이 어딘지 시험해 주지."

4

서용우와 라지알은 다른 지역의 전력을 아득히 초월한, 우주적인 힘의 소유자들이다.

방금 전 서용우가 증명했듯, 그들이 잠깐 다른 전장에 눈을 돌리는 것만으로도 전세가 뒤집힐 수 있었다.

그러나 그럼에도 둘은 일대일 상황에 집중할 수밖에 없었다.

다른 전장에 개입하려고 한눈을 파는 순간, 상대방에게 살해당할 수 있었기 때문이다.

쫘아아아아아앙!

둘의 위치가 정신없이 바뀐다.

인천 상공에서 시작된 전투가 안양을 넘어 수원으로, 다시 용인으로 이동했다. 그리고 그 궤적에 걸려든 모든 것이 파괴되고 있었다.

"크윽……!"

라지알이 신음했다.

용우의 방어를 뚫기 위해 저돌적으로 공격을 쏟아붓던 그는 결국 치명타를 피해 물러날 수밖에 없었다.

그리고 물러나는 그는 피투성이가 되어 있었다.

"살을 주고 뼈를 취한다. 그러면 다 되는 줄 아는 놈들이 꽤 있지."

용우가 라지알을 조롱했다.

스스로 불사성을 깨달은 라지알은 용우가 말한 대로의 전법을 취했다. 상처를 감수하면서 용우를 붙잡으려고 한 것이다.

속도는 밀리지만 마력은 자신이 우위니, 일단 붙잡으면 승기를 잡을 수 있으리라는 계산이었다. 하지만 용우는 그런 그의 심리를 손바닥 들여다보듯이 읽어내면서 농락하고 있었다.

'재생력 믿고 몸을 막 써가면서 달려드는 놈들 한두 번 잡아본 게 아니거든.'

그러는 동안에도 제한 시간은 착착 줄어들고 있었다.

"36만."

이제 군단원의 수가 36만 명 밑으로 떨어졌다.

급할수록 침착해야 한다. 전투에서 초조해하는 것만큼 위험한 일은 없다.

라지알은 산전수전 다 겪은 백전노장이었다. 당연히 그런 사실을 누구보다 잘 알고 있었다.

하지만 마음이란 끊임없이 흔들리는 것이다.

이런 상황에서도 초조함을 느끼지 않는다면 그건 인간의 마음이라기보다는 그렇게 설계된 인공지능의 사고 프로세스에 불과할 것이다.

'괜찮다. 아직이야. 아직은 괜찮아.'

라지알은 애써 자신을 타일렀다.

몸을 아끼지 않는 전법으로는 용우를 당해낼 수 없다. 그렇게 판단한 라지알은 다른 대응책을 꺼냈다.

투콰콰콰콰쾅!

초당 수십 발의 섬광이 번쩍이면서 용우를 난타하기 시작했다.

라지알 본인이 일일이 통제하는 공격이 아니다. 정밀함도 떨어진다.

하지만 한 발 한 발의 위력이 용우에게 유의미한 타격을 줄 수 있을 만큼 강력하고, 그러면서도 수가 많았다.

'역시 이렇게 나오는군.'

용우가 헬멧 속에서 웃었다.

라지알의 마력이 더욱 커지고 있었다.

출력은 그대로였다. 아까 전에 상승시킨 것이 한계치임이 분명했다.

커진 것은 마력의 규모였다.

마치 여러 명의 라지알이 부대를 이뤄서 일제 공격을 퍼붓는 것 같은 양상이다. 다만 그것을 통제할 라지알의 머리가 하나이기에, 하나하나의 정밀도가 떨어지는 것은 어쩔 수 없었다.

그래도 이 물량 공세는 속도에서 앞서는 용우를 상대하기에 적절한 대책이었다.

'과출력에 대규모 물량 공세까지, 과연 그 힘이 어디까지 갈까?'

이 공세를 유지하는 것만으로도 라지알에게 엄청난 무리가 갈 것이다.

그것을 알기에 용우는 속도 우위를 살려서 방어와 회피에만 전념하고 있었다.

"35만."

용우가 잔혹한 사실을 고했다.

둘이 한반도를 초토화시켜가면서 싸우는 동안, 군단원의 수가 35만 명 밑으로 떨어졌다.

"반 이상 죽어 나갔는데도 하한선에 도달하지 않았군. 얼마나 남았지?"

용우가 악마처럼 속삭였다.

서서히 낭떠러지로 떠밀리고 있는 것 같은 상황이다. 그럼에도 라지알은 초인적인 정신력으로 냉정함을 유지하고 있었다.

'역시 이 전개를 피할 수 없었다.'

지금 그와 용우의 전투 양상은 예상을 벗어나지 않았다.

절망적인 형국이다. 월등한 힘, 월등한 화력을 쏟아붓고 있는데도 압도적인 속도 차를 어쩔 수가 없다. 성과를 거두지 못한 채로 계속해서 제한 시간만 줄어들어 간다.

'한 번이면 된다.'

그럼에도 라지알은 절망하지 않았다. 그의 붉은 눈동자가 형형한 눈빛을 뿜어내며 기회를 엿보았다.

'한 번이면……!'

파악!

용우의 검이 라지알의 어깨를 베고 지나갔다.

"34만."

절망적인 카운트다운은 계속된다.

문득 용우가 거리를 벌리며 물었다.

"라지알, 너는 왜 싸우지?"

"뭐?"

"너희에게는 승산이 없는 싸움이야. 너희가 속아서 이 가짜 지구에 온 시점부터 그랬지."

"시간을 끌고 싶어서 별 헛소리를 다 하는구나."

"그렇게 생각해도 어쩔 수 없군. 하지만 정말 궁금해서 물어보는 거야. 이 싸움은 아무리 봐도 우리가 이겼어."

용우는 조롱하는 기색도 없이 담담하게 자신의 승리를 이야기했다.

"왜 포기하지 않지? 타락체가 군단에 소속감을 느낀다고는 하지만, 그게 그렇게 강하진 않다고 하던데."

"……."

"정말 승산이 충분하다고 생각해서 덤비는 건 아니겠지. 그런 건 너희 스타일이 아니잖아? 이긴다고 확신하고 짓밟으러 갈 때나 투지가 넘치지, 절망적인 상황에서 발버둥 쳐야 하는 전투를 상상이나 해봤나?"

군단은 언제나 침략자의 입장이었다. 그리고 침략 전쟁을 벌인다는 것은 맹수가 사냥감을 보는 시각을 갖지 않고서는 실행할 수 없는 일이다.

"패배가 눈에 보이는 상황이니 너 혼자 살자고 도망칠 수도 있을 텐데, 왜 그러지 않지? 그 정도의 힘을 가졌으니 너 혼자라면 도망칠 수 있을지도 모르는데?"

"……."

그 말에 라지알은 잠시 멈칫했다.

화가 나서가 아니었다. 왠지 용우의 질문이 가슴에 와닿았기 때문이다.

"…마치 내가 도망치길 바라고 있는 투로군."

"그 점은 부정하지 않겠어. 하지만 왜 그렇게 사명감에 불타가면서 싸우고 있는지 궁금한 것도 사실이야."

용우가 어깨를 으쓱했다.

라지알이 싸움을 피해 도망치기를 바란다. 그가 그 선택지를 골랐을 경우, 절대 피할 수 없는 파멸의 덫을 준비해 놓았으니까.

하지만 라지알은 그런 선택지를 전혀 고려하지 않는 것 같았다.

한번 죽음을 맛봤으면서도 더욱 강한 투지로 맞선다. 용우는 그 눈빛에서 단단한 사명감을 보았다.

"왕이라서인가? 군단의 왕이라는 게 그렇게 세상 모든 걸 다 짊어진 것처럼 목숨 걸고 신념을 실천하는 자리인가?"

용우가 이해할 수 없다는 듯 묻자 라지알이 피식 웃었다.

"그런 자리는 아니지. 하지만 나는 선택했다."

"무엇을?"

"진짜 왕이 될 것을."

그는 이미 끝나 버린 이야기의 부스러기로 남는 것을 거부했다.

더 이상 텅 빈 존재로 시간의 흐름에 떠밀려가지 않을 것이다. 살아 있는 존재로서 운명을 개척할 것이다.

그것이 과거의 자신이 품었던 죄책감을 이해한 라지알의 선택이었다.

"이 싸움은 내 존재를 증명하기 위한 자리다. 도망칠 수 있을 리가 없지."

"아하."

용우는 알겠다는 듯 피식 웃었다.

"시시한 이유일 줄은 알았지만, 설마 그 정도일 줄은 몰랐는걸."

"뭐라고?"

"그만큼 시간을 끌었으니, 들어줄 가치 정도는 있었다고 해주지."

"네놈……!"

더없이 모욕적인 용우의 말에 라지알이 분노하는 순간이었다.

팟!

용우의 공격이 그를 위협했다.

라지알이 그것을 피해 물러나자 용우가 섬전 같은 연타를 날리며 비아냥거렸다.

"대화란 참 어려운 거야. 그렇지?"

예전, 왕의 섬에서 라지알이 용우를 조롱하며 날렸던 대사였다.

전투가 재개되었다.

그리고 그 전투 양상은 마치 비디오로 녹화한 영상을 재생하는 것 같았다. 아까 전과 똑같은 소모전이 반복된다.

하지만 그것도 무한히 반복되지는 않았다.

쾅!

용우가 발한, 허공을 격하는 공격이 라지알의 방어 위를 때린다.

뒤이어 날아든 검격을 라지알은 아슬아슬하게 피했다.

"으옥……!"

라지알의 마력 운용에 미세한, 너무나도 미세한 흔들림이 발생하기 시작했다.

과출력 모드, 그리고 대규모 물량 공세를 지속한 반동이었다. 과출력에 시달린 그릇이 삐걱거리기 시작하고, 대규모 물량 공세로 인한 마력 소모를 마력 공급이 따라가지 못하는 것이다.

"32만."

한번 흐트러짐이 드러나자 그때부터는 걷잡을 수 없었다.

라지알의 움직임 사이사이에 허점이 드러날 때마다 용우의 공격이 가차 없이 꽂혔다.

불사의 힘이 상처를 바로바로 재생시키고 있기에 버티는 것이지, 그렇지 않았다면 한순간에 균형이 무너졌으리라.

"31만."

어느 순간, 용우의 검격이 라지알의 몸통을 깊숙이 가르고 지나갔다.

용우가 눈을 빛냈다.

완벽하게 들어갔다. 끝장을 낼 기회였다.

'바로……'

그리고 용우가 결정타를 가하기 위해 뛰어드는 순간, 라지알 역시 거짓말처럼 자세를 회복하며 용우에게 뛰어들었다.

'지금!'

용우에게 일방적으로 농락당하면서도 참았다. 거듭 위험한 공격을 받으면서도, 의식이 날아갈 것 같은 고통을 느끼면서도 참고, 참고 또 참았다.

모든 것은 이 순간을 위해서였다.

단 한 번의 기회를 위해!

투콱!

라지알이 휘두른 검을, 용우가 네불라로 막아냈다.

하지만 그 순간, 라지알의 몸은 둘로 분화되고 있었다.

검을 휘두른 것은 환영을 덧씌운 분신이다. 본체는 분신의 존재감에 숨은 채로 용우의 사각을 찌르고 있었다.

'끝이다!'

이 한방으로 전세가 역전된다.

확신을 담은 라지알의 주먹이 용우의 몸통에 꽂혔다.

―칼날 붙잡기!

그 순간 용우가 스펠을 발했다.

"……!"

라지알이 경악했다.

용우의 몸통을 친, 그의 주먹이 거짓말처럼 정지해 버렸다.

대상의 운동에너지를 소멸시키는 방어 스펠이 발동, 공격을 무효화한 것이다.

'간파했다고? 이렇게 완벽하게?'

라지알은 아연해졌다. 그런 그에게 용우가 속삭였다.

"트릭이 들통난 마술은 이미 마술로써의 가치가 없지."

섬뜩한 깨달음이 라지알의 뇌리를 스치고 지나갔다.

왕의 섬에서 용우의 분신과 싸웠을 때, 그는 몇 번이나 비기를 노출했다. 그때 용우는 최소한의 방어를 할 뿐, 제대로 대응하지 못하는 모습을 보여주었다.

'설마.'

라지알의 뇌리에 절망적인 가설이 떠올랐다.

'이 함정이, 그때부터 계획되어 있었단 말인가?'

그때는 분신에 농락당했다는 충격으로, 그 전투에서 비기를 사용했다는 의미를 제대로 깨닫지 못했다.

설마 분신에게 비기를 노출했던 그때, 용우는 이미 라지알과 다시 한번 싸울 날을 대비하고 있었단 말인가?

꽈아아아앙!

사고가 끊겼다.

동요하는 라지알의 몸통에 용우의 무릎이 꽂혔기 때문이다.

─우우우우우우!

라지알이 비명을 토하기도 전에, 용우의 M슈트가 눈부신 빛을 발하며 주인의 마력을 폭증시킨다.

"두 번."

차가운 선고와 함께, 빛 그 자체로 화한 네뷸라가 라지알의 몸을 갈라 소멸시켰다.

"……!"

모든 것이 암전되었다가 회복되었다.

단순히 충격으로 의식을 잃거나, 잠을 자고 깨어나는 것과는 다른 감각이 라지알을 덮쳤다.

그래. 이것은 마치 존재의 연속성이 단절된 것 같은 기분이다.

자신이 이 세상에서 사라졌다가 다시 나타난 것 같은, 자신만 빼놓고 세상의 시간이 움직여 미래에 도달해 버린 것 같은 감각.

"그래도 왕의 권능이라는 게 빈 깡통은 아니로군."

사고가 회복되자마자 용우의 목소리가 들려왔다.

그 말만으로도 라지알은 한 가지 사실을 유추할 수 있었다.

용우는 자신이 죽었다가 되살아나는 틈을 노려서 공격을 시도했다. 하지만 통용되지 않았을 것이다. 왕의 권능은 그런 사태를 대비하고 있었다.

"28만."

그러나 왕의 권능이 지켜줄 수 있는 것도 라지알뿐이었다.

라지알이 되살아나는 동안 용우는 가차 없이 다른 전장에 공격을 가했다. 그 결과, 라지알은 눈앞에서 시간을 도둑맞은 것처럼 절망적인 소식을 들어야만 했다.

"이제야 답이 나왔군."

그들이 선 전장은 지옥의 한복판이었다.

열기와 유독성 물질이 휘몰아치는 혼돈의 한복판이다. 그 속에서 자신과 마주한 채로 웃고 있는 용우의 모습은 라지알에게는 정말로 악마처럼 보였다.

"네 바닥이 어디였는지."

마침내 라지알의 마력이 감소하기 시작했다.

그 사실이 의미하는 바는 한 가지였다.

"끝이다."

희망은 사라졌다.

종말의 군단은, 그들이 염원하던 왕과 함께 종말을 맞이할 것이다.

영원히.

'언제부터였지?'

라지알은 발이 허공에 붕 뜬 것 같은 감각을 느꼈다.

바닥이 보이지 않는 구멍 속으로 끝없이 떨어져 내리는 것 같은 절망적인 추락감이 그를 사로잡고 있었다.

'언제부터… 길을 잘못 든 거였지?'

그런 그에게 용우가 한 걸음 다가온다.

"겁먹었나?"

용우가 묻는다.

그 말에 라지알은 움찔했다. 그리고 한 가지 사실을 깨달았다.

용우가 다가왔을 때, 그는 자기도 모르게 한 걸음 물러났다.

꿀꺽.

자신이 침을 삼키는 소리가 천둥소리처럼 크게 울리는 것만 같았다.

문득 용우가 손가락을 헬멧으로 가져갔다.

파삭.

손가락을 대고 긋는 것만으로 헬멧이 부서져서 흩어지고, 지금까지 바이저에 가려서 보이지 않았던 용우의 표정이 드러났다.

용우는 웃고 있었다.

"이제는 너도 이해하고 있는 모양이군."

"무슨 소리지?"

"지금까지 네놈들이 뭘 흩뿌리고 다녔는지."

라지알은 용우가 말하는 것이 무엇인지 알 수 있었다.

공포.

자신을 지배하는 감정의 정체를 깨달은 라지알에게 용우가 공격을 가해왔다. 라지알은 황급히 피했지만…….

파악!

용우의 공격이 그의 팔을 잘라 버렸다.

꽝!

발차기가 꽂히면서 다리가 꺾였다.

"세 번."

섬뜩한 선고와 함께 용우의 검격이 그의 머리를 날려 버렸다.

"……!"

또다시 존재의 연속성이 단절된 것 같은 감각이 라지알을 덮쳤다.

다시 그의 감각이 세상을 인지한다. 더욱 절망적으로 변한 현실의 정보가 그의 뇌리로 쏟아져 들어온다.

그리고 그 정보를 모두 이해하기도 전에, 용우의 공격이 그를 덮쳤다.

"카악……!"

검이 몸을 깊숙이 가르고 지나가면서 격통이 내달린다.

푹! 푹! 푸푸푹!

용우가 투명한 푸른 불꽃을 휘감은 단검을 연달아 투척, 라지알의 몸 곳곳에 꽂아 넣었다.

"끄아아아악!"

라지알이 비명을 질렀다. 신경계를 불태우는 것 같은 격통이 그의 정신을 유린하고 있었다.

이 고통은 단순히 육체가 파괴되면서 발생하는 것이 아니다. 정신 그 자체를 공격하는 힘이다.

이제 용우는 라지알의 숨통을 단번에 끊어놓는데 집착할 필요가 없다.

라지알의 힘이 감소하고 있기 때문이다. 시간이 흐를수록 용우와 라지알의 마력 격차가 커져가고 있었다.

—아스트랄 버스트!

빛이 폭발했다.

망막을 태울 것 같은 빛이었지만, 물리적 파괴력은 전혀 없다. 오로지 정신을 파괴하는 힘이 라지알의 영혼을 불태웠다.

"네 번."

차가운 선고와 함께, 또다시 존재의 연속성이 단절되는 것 같은 감각이 라지알을 덮쳤다.

"앞으로 몇 번이나 되살아날 수 있을까?"

또다시 부활한 라지알을 보며 용우가 잔혹하게 웃는다.

"마지막에 죽는 게 너일까, 아니면 군단일까? 정말 궁금하군."

다가오는 용우를 보며 라지알은 숨이 턱 막히는 것을 느꼈다.

절망이 그를 집어삼키고 있었다.

*　　　　*　　　　*

차준혁은 뭄바이의 해변에서 헬멧을 벗어 던졌다.

그의 헬멧은 이미 엉망진창이 되어 있었다. 바이저에 생긴 균열 때문에 시야가 방해되어서 벗어버린 것이다.

땀에 젖은 백발이 열풍에 휘날렸다. 대기를 달구는 열기와 온갖 독성물질이 섞인 흙먼지를 위협으로 인식한 허공장이 반응하며 스파크가 튄다.

"후우."

한숨 돌리고 있는 그의 앞에 다수의 적이 나타났다.

왕의 권능으로 강화된 다수의 타락체와 고위 언데드였다.

그들 앞에서 차준혁은 한 손에는 광휘의 검을, 한 손에는 대구경 권총을 들었다.

"이제 끝을 봐야겠군."

〈쥐새끼처럼 도망치기만 하는 것은 포기했나?〉

"더 이상 그럴 이유가 없으니까."

차준혁이 웃었다.

그의 M슈트가 빛을 발하면서, 마력이 폭증하기 시작했다.

M—링크 시스템으로 폭증한 그의 마력에 적들이 흠칫 얼어붙었다.

성좌의 화신이 된 차준혁은 군주를 능가하는 마력을 지녔다. 권희수의 최고 걸작, M—링크 시스템은 그런 차준혁의 마력조차 두 배 가까이 상승시키고 있었다.

"과연 도망쳐야 하는 쥐새끼가 어느 쪽일까?"

이 힘이 유지되는 시간은 짧다. M—링크 시스템의 가동시간은 통상 출력으로 3분에 불과하니까.

하지만 이제는 상관없다.

차준혁의 앞에 선 적들의 힘이 감소하고 있었으니까.

군단원의 수가 하한선 밑으로 떨어지는 순간부터 라지알의 힘이 감소하기 시작했다. 그리고 약해지는 것은 그의 힘만이 아니라 왕의 권능 그 자체였다.

　"도망칠 테면 도망쳐 봐라. 그래 봤자 갈 곳이 없을 테지만."

　지금까지도 시간은 그들의 편이었다. 그리고 이제부터는 더욱 격렬하게 그들의 편을 들 것이다.

　그 절망 속에서, 군단의 종언을 고하는 학살극이 시작되었다.

　그리고……

＊　　　＊　　　＊

　군단의 수가 줄어드는 속도는 계속해서 가속되고 있었다.

　왕의 권능이 붕괴하기 시작하자 팀 섀도우리스는 아껴두고 있던 비장의 카드를 꺼내들었다.

　군단이 그들을 상대하기 위해 배치한 최정예는, M―링크 시스템으로 마력을 폭증한 그들에게 휩쓸려 버리고 말았다.

　"20만."

　군단의 머릿수가 20만 밑으로 떨어지는 순간부터는 마치 구멍 난 둑이 무너지는 것 같았다.

　왕의 권능이 축소되는 수준을 넘어 붕괴하기 시작했기 때문이다.

군단은 갈수록 거대한 규모의 힘을 다루기 힘들어졌다.

그리고 다루는 힘의 규모가 축소되면 도저히 팀 섀도우리스를 막을 수가 없었다.

"10만."

더 이상 전투라고 할 수 없을 정도로 일방적인 학살극이 펼쳐졌다.

구세록이 헤아리는 군단원의 수가 초당 수백 명씩 줄어들었다.

10만이 9만이 되고, 9만이 8만이 되고……

네 자릿수로 떨어지고……

마침내 단 한 명만이 남았다.

"끝났군."

용우는 온통 혼탁하게 불타오르는 서울의 하늘을 올려다보며 중얼거렸다.

그 앞에는 라지알이 서 있었다.

"마지막에 남는 건 왕이었군. 백성은 왕을 위해, 하지만 왕은 자신을 위해."

용우는 그를 보며 말했다.

"정말이지 한결같은 것들이야. 자기 손톱 하나가 아픈 일을 피하기 위해서라면 수천 명의 목숨도 버릴 수 있는 것들."

용우는 그런 자들에게 복수하기 위해 지금까지 달려왔다.

그리고 이제 오랫동안 꿈꿔온 복수의 마지막이 눈앞으로 다가와 있었다.

"…그래. 그런 자들이었지."

문득 라지알이 입을 열었다.

지금까지 몇 번이나 죽은 것일까?

라지알은 슬슬 그 사실을 기억할 수 없었다. 존재가 단절되는 감각, 그리고 용우에게 일방적으로 유린당하는 일이 반복되자 점점 현실감이 옅어지고 있었다.

"나는 내가 어디서부터 길을 잘못 든 것일까 궁금했다."

라지알이 중얼거렸다. 그는 당장에라도 쓰러질 것처럼 지친 기색이 역력했다. 그러면서도 악착같이 정신을 붙잡은 채로 용우를 노려보고 있었다.

"하지만 이제는 알겠군. 내가 잘못해서 이렇게 된 건 아니었어. 나는 타락체가 된 시점부터 이미 선택지 없는 외길에 몰려 있었던 거야. 내가 다른 선택을 했더라도 결국은 이렇게 되었겠지."

"원래 세상일은 그렇게 부조리한 거야. 네놈들에게 유린당한 사람들이 그랬던 것처럼."

용우가 한 걸음 다가갔다.

"그리고 우리가 자기 의사하고는 전혀 상관없이 제물로 선택되어 어비스에 처넣어졌던 것처럼."

누군가는 운명이라고 말할지도 모르겠다.

개개인이 선한지 악한지, 노력하는지 나태한지 하고는 전혀 상관없이 닥쳐오는 것.

만약 그것이 의지 없는 재앙이었다면, 아무리 억울하고 화가 나도 포기할 수밖에 없을 것이다. 지진이나 태풍을 미워하고 복수할 수는 없으니까.

하지만 그 모든 일은 누군가의 탐욕과 악의로부터 비롯되었다.

그 사실을 알았기에 용우는 복수를 포기할 수 없었다.

"계속 궁금했지."

용우가 라지알의 목에 검을 겨누었다.

치직…….

라지알의 몸 여기저기에서 스파크가 튀었다. 상앗빛 피부가 쩍쩍 갈라져서 마치 깨지기 직전의 도자기 인형처럼 보였다.

군단이 소멸하자 왕의 권능도 붕괴했다. 수십 번이나 되살아난 라지알의 불사성이 바닥을 드러내고 있었다.

"복수는 나를 치유해 줄 수 있을까?"

"이제 알게 되겠군."

"그래."

"군주 살해자, 아니, 왕을 살해하고 군단에 멸망을 가져온 자여……."

라지알이 용우의 검 끝에 목을 들이대며 연극적으로 말했다.

"부디 네 상처가 영원하길 빌지. 적이 없는 공허가 너를 잡아먹어 파멸로 인도하기를!"

"괜찮은 유언이군."

용우는 씩 웃었다.

파악!

그리고 라지알에게 마지막 죽음이 내려졌다.

"……"

육체를 잃은 라지알의 영혼이 구세록의 지옥으로 끌려가는 것을 보면서, 용우는 잠시 가만히 서 있었다.

종말의 군단은 전멸했다.

지구를 침공한 71만 7,467명 모두가 죽고, 그 영혼은 구세록의 지옥에 사로잡혀서 비명을 지르고 있었다.

"반드시 대가를 치르게 할 거야."

문득 용우는 과거의 자신이 했던 말을 떠올렸다.

"그놈들이 누구든, 무엇을 해왔든… 설령 세상 모든 사람에게 숭배받는 신이라고 하더라도."

그로 인해 세상 전부가 적으로 돌아선다고 하더라도 상관없다. 적이 그 어떤 존재라고 하더라도 용우는 대가를 치르게 할 것이다.

"우리를 상처 입힌 것을 후회하게 만들어줄 거야."

눈을 감으면 절규가 들어온다. 시공간적 의미를 상실한 지옥 속에서 온갖 고통으로 쥐어 짜내지는 자들의 목소리.

그 소리가 천상의 음률보다도 더 아름답게 마음을 어루만져주는 것 같아서, 용우는 그 어느 때보다도 평온하게 미소지었다.

"끝났어."

장대한 복수를 마무리 짓고 만족한 자의 미소였다.

에필로그

미지와의 조우(遭遇) (상)

1

　2015년, 세상은 격변했다.

　인류 문명은 역사를 기록하기 시작한 이래 처음으로 돌이킬 수 없는 상흔을 입었다.

　퍼스트 카타스트로피라고 명명된 대재앙의 날.

　세계 곳곳에서 통칭 '게이트'라 불리는 현상이 발생하면서 모든 것이 시작되었다.

　그리고 14년이 흘렀다.

*　　　*　　　*

2029년, 세상은 격변했다.

그해, 당연히 찾아올 줄 알았던 8번째 각성자 튜토리얼은 없었다.

그 사실이 의미하는 바는 한 가지.

지구 인류 중에는 더 이상 각성자가 나타나지 않을 것이다.

각성자의 형질은 유전되지 않는다. 그것은 유전적인 요소가 아닌, 인류가 해명하지 못한 초자연적인 힘에 의해 후전적으로 주어지는 것이었다.

그러니 시간이 흐르면서 마력을 다루는 초인이라는 존재는 역사 속으로 사라질 예정이었다.

이 사실은 인류를 걱정에 빠지게 만들었다.

게이트 재해를 막기 위해서는 각성자가 필요하다. 그런데 더 이상 각성자가 나타나지 않는다면 어떻게 하란 말인가?

하지만 그런 걱정은 오래가지 않았다.

2029년 8월을 기점으로, 지구상에는 더 이상 게이트 재해가 일어나지 않았으니까.

지진이나 태풍처럼 당연시되던 게이트 재해가 세상에서 사라져 버렸다는 사실에 인류는 경악했다.

그 사실에 사람들은 기뻐했다.

종말의 군단이 퍼부은 대공세로 인해 인류는 파멸에 가까운 위기를 경험했다. 힘들게 버텨 나가고 있는 상황에서 게이트 재해가 사라지자 부담이 크게 줄었다.

그런 한편 사람들은 두려워했다.

퍼스트 카타스트로피 이후 14년, 지금의 인류 문명을 지탱하는 자원은 마력석이었다.

게이트 재해가 사라진다는 것은 더 이상 마력석을 수급할 방법도 사라진다는 뜻이었다.

아직 지구상의 재해 지역에 많은 몬스터가 남아 있고, 그동안 비축해 둔 마력석이 남아 있기는 하지만 과연 이 문제의 해법이 존재할 것인가?

사실 인류는 전부터 이 문제의 해법을 꾸준히 연구해 오고 있었다.

마력석 없이도 상온 핵융합을 일으킬 기술은 지속적으로 연구되어 왔고, 어느 정도 성과도 나와 있었다.

하지만 과연 마력석 비축이 동나기 전에 실용화가 가능할지는 미지수였다.

그런 불안이 있었기 때문일까?

아니면 그저 예정된 수순이었을까?

인류는 게이트 재해 때문에 한동안 잊고 있었던, 역사상 끊임없이 이어져 온 일들을 다시 시작했다.

전쟁이었다.

＊　　　　＊　　　　＊

재해 지역.

그것은 인류가 관리를 포기한 지역의 통칭이었다.

게이트 재해가 범람하는 시대, 인류의 거주 지역은 예전보다 줄어들 수밖에 없었다. 인류의 관리 능력이 미치지 못하는 땅은 몬스터에게 점령당해 재해 지역이 되었다.

"아무도 갖고 싶어 하지 않았던 땅이, 이제는 엘도라도 취급을 받고 있군요."

브리짓은 한숨을 쉬었다.

종말의 군단을 끝장낸 것이 2029년 5월의 일이다.

그로부터 3개월 후인 2029년 8월을 기점으로 더 이상 게이트가 발생하지 않았다.

그리고 다시 반년이 지난 2030년 2월.

브리짓은 지구 곳곳에 존재하는 광활한 재해 지역의 영토 소유권 때문에 벌어진 전쟁 소식을 보고 있었다.

어쩔 수 없는 일이었다.

재해 지역은 언젠가 터질 수밖에 없는 폭탄이었다.

게이트 재해가 사라진 이상, 이제 세계는 다시 퍼스트 카타스트로피 이전으로 회귀하게 된다.

그 과정에서 영토 분쟁이 일어나는 것은 예정된 수순이었다.

"예상이 빗나가길 바랐지만……."

브리짓은 쓴웃음을 지었다. 이렇게 될 줄 알았다. 그리고 이렇게 되지 않기를 바랐다.

'게다가 재해 지역이 예전과는 달리 능동적인 위협이 된 것도 문제지.'

종말의 군단이 파멸한 이후, 지구상에 자리 잡은 몬스터가 이상행동을 보이기 시작했다.

본래 몬스터는 영역 의식이 투철했다. 몬스터가 재해 지역 밖으로 나오는 것은 그 안의 몬스터 개체수가 과잉 단계에 들어갔을 경우였다.

하지만 이제는 그 상식이 통하지 않았다.

재해 지역의 몬스터가 아무 이유 없이 밖으로 나와 인간을 공격하기 시작한 것이다.

그게 한두 마리일 경우에는 괜찮았다. 하지만 무리를 지으면 그때부터는 심각한 위험이 발생한다.

그녀와 마주 보고 앉은 애비게일 카르타가 말했다.

"나쁜 예상은 늘 적중하게 마련이지. 어쩔 수 없는 일이란다. 준비한 대로 하는 수밖에."

"네."

브리짓은 일찌감치 이런 미래를 예상하고 있었다.

처음에는 전쟁 그 자체를 막으려고 동분서주했던 그녀였지만, 얼마 안 가서 절망하게 되었다.

1세대 구세록의 계약자처럼 초월적인 폭거를 저지르지 않는

한 그런 흐름을 막을 수 없음을 알게 되었기 때문이다.

결국 그녀의 선택은 최대한 미국이 이 흐름에 휘말려 들지 않도록 노력하는 것이었다.

브리짓은 미국을 안정시키고, 나아가서는 세계적인 전쟁의 흐름에 휘말리는 것을 막기 위해 자신의 힘을 쓸 것을 결심했다.

"그에게 허락을 받아두길 잘했어요."

그녀는 그 사실에 대해서 서용우에게 허락을 구했고, 서용우는 허락해 주었다.

서용우는 군단을 끝장낸 후에도 팀 섀도우리스에게 주어진 힘을 회수하지 않았다. 하지만 언제든지 그럴 수 있음을 브리짓은 잘 알고 있었다.

애비게일이 말했다.

"과욕만 부리지 않으면 문제없을 거란다."

"과욕이라……."

"우리처럼 하지만 않으면 될 거다. 그는 그걸 허락하지 않을 테니까."

애비게일은 서용우가 그어둔 선을 예상할 수 있었다.

서용우는 브리짓이 미국을 안정시키는 것은 허락할 것이다.

그 과정에서 사적인 이득을 얻는 것도 상관하지 않으리라.

하지만 그녀가 미국을 통제해서, 미국이 슈퍼 파워였던 시절을 재현하려고 한다면?

그건 결코 맞설 수 없는 재앙을 부르는 과욕이 될 것이다.

"모호하면서도 명확한 선이지요."

쓴웃음을 지은 브리짓은 문득 애비게일을 가만히 바라보았다.

애비게일이 물었다.

"왜 그러니?"

"아니, 그냥… 뜬금없지만 좀 다행이라는 생각이 들었어요."

애비게일은 오래전부터 삶을 실감하지 못하게 되었다.

그녀는 삶이 소중하지 않았고, 따라서 죽음이 두렵지 않았다.

그럼에도 그녀가 삶을 지속했던 것은 구세록의 계약자로서 짊어진 의무감 때문이었다. 그 의무감을 잃었을 때, 과연 그녀는 삶이 계속되는 것을 견딜 수 있을까?

브리짓은 그 사실을 걱정했다.

"너희들을 지켜보는 동안에는 괜찮을 것 같구나."

애비게일이 빙긋 웃으며 말했다.

군단의 대공세로 인해 그녀는 미국을 좌우하던 권력 기반을 잃어버렸다. 그리고 이제 영혼을 짓누르던 무거운 의무감에서도 해방되었다.

그것은 달리 말하자면 그녀가 살아가야 할 이유를 잃었다는 뜻이기도 했다.

브리짓은 애비게일이 자살해 버리는 것은 아닐지 걱정했다. 사다모토 아키라의 사례가 있었기에 더더욱 걱정이 깊었다.

하지만 모든 것이 끝난 이후, 애비게일은 조금씩 정신적으로 회복되는 모습을 보이고 있었다.

그녀의 표정만 봐도 알 수 있었다.

예전의 애비게일은 브리짓과 일상적인 대화를 나누던 중에 현실감이 사라져서 멍한 표정을 짓고는 했다. 그녀가 평온한 얼굴로 상대와 대화를 나누는 것은 굉장한 에너지가 필요한 행위였다. 필사적으로 정신력을 끌어내지 않으면 도저히 집중력을 유지할 수 없었기 때문이다.

하지만 지금의 애비게일은 그런 증상을 보이는 일이 줄어들었다. 그리고 브리짓, 휴고와 일상적인 대화를 나눌 때면 자연스럽게 웃는 일이 늘었다.

"혹시 식은 언제쯤 올릴지 생각하고 있니?"

"……."

브리짓이 멈칫했다.

의표를 찔렀다. 애비게일은 이 화제를 언급한 적이 한 번도 없었기 때문이다.

얼굴이 확 달아오른 브리짓에게 애비게일이 말했다.

"보채는 건 아니란다. 지금은 둘 다 그럴 여유가 없겠지."

"네. 지금은 정말로……."

브리짓은 한숨을 쉬었다.

애비게일에게 거둬진 브리짓과 휴고는 오랫동안 남매처럼 자랐다.

하지만 그렇다고 해서 진짜 서로를 남매로 여기냐 하면 그건 아니다. 휴고는 일찌감치 브리짓을 이성으로 인식하고 대했고, 그런 태도는 브리짓에게도 영향을 주었다.

서로 마음을 확인한 지는 꽤 오래되었다. 하지만 브리짓은 그의 마음을 쉽게 받아주지 못했다.

의무감이 있었기 때문이다. 애비게일이 짊어진 것을 자신이 이어받아야 한다는.

하지만 이제는 휴고의 마음을 받아들이지 않을 이유가 없었다.

문제는 현실적인 문제가 두 사람의 결합을 방해한다는 것이다.

브리짓은 밖으로 드러내서는 안 되는 존재였다. 적어도 미국의 혼란이 정리되고, 미국이 초자연적인 힘 없이도 세계정세 속에서 확실하게 중심을 잡을 수 있을 때까지는 그녀의 역할이 중요했다.

그런데 휴고는 대중의 관심을 한 몸에 받는 슈퍼스타였다. 그는 미국의 최정예 헌터들과 팀을 꾸려 재해 지역을 청소하는 작업을 진행 중이었고, 사람들에게 미국의 미래를 밝힐 영웅으로 칭송받고 있었다.

"괜찮아요. 시간은 많으니까요."

브리짓은 진심으로 그렇게 생각했다.

이제 인류를 절망시킬 멸망의 운명은 사라졌다. 세계는 혼란에 휩싸여 있지만, 그럼에도 이제 세상의 운명은 인류의 손에 쥐어져 있었다.

'어쩌면 그리고 그 운명을 박살 낼 수도 있는 폭탄도 인류의 손에 있지.'

브리짓은 정보부가 제출한 보고서를 보면서 고뇌에 빠졌다.

*　　　*　　　*

전 세계에서 가장 유명한 헌터를 한 명만 꼽는다면 누구일까?

적어도 미국인이라면 이 문제에 대해서 고민이 필요 없었다.

휴고 스미스가 있었으니까.

본래부터 슈퍼스타였던 휴고 스미스의 인지도는 이제 감히 비교 대상을 찾기 어려울 정도였다.

이제는 해산한, 하지만 의심의 여지 없는 사상 최강의 헌터 조직, 팀 섀도우리스의 일원.

활동 기간은 짧았지만, 그 행보가 너무나 충격적이었던 팀 섀도우리스는 공식 성명조차 발표하지 않고 해산했다.

이에 대해서 휴고 스미스와 차준혁, 유현애, 이미나처럼 신분이 드러난 이들의 대답은 똑같았다.

'팀 섀도우리스가 해야 할 일이 끝났기 때문에.'

그들은 약속이라도 한 것처럼 더 이상 깊은 이야기를 하지 않았다.

이 대답은 대중의 상상력에 불을 지폈다. 수많은 추측이 쏟아져 나왔다.

그중에서 가장 설득력 있게 지지되고 있는 것은 게이트 재해를 끝장내 버린 것이 그들이라는 설이었다.

오랫동안 영국인들의 악몽으로 군림했던 9등급 몬스터, 폭풍용을 단 두 명의 팀원만으로 격퇴한 그들이라면 충분히 가능한 일이지 않겠는가?

휴고 스미스의 행보는 그 추측의 신뢰성을 높여주고 있었다.

팀 섀도우리스 해산 후, 휴고 스미스는 본래 소속되어 있던 팀 가디언즈 윙에 복귀하지 않았다.

대신 자신과 함께 재해 지역 정화 작업을 진행할 최정예 팀을 모집했다.

아직 게이트 재해가 존재하는 과거였다면 이 부름에 응할 자가 많지는 않았을 것이다.

당장 자신의 팀이 담당하는 지역에서 활약하는 것이 중요했고, 또 팀과의 계약 문제가 걸렸기 때문이다.

하지만 이제는 상황이 달라졌다.

게이트 재해가 소멸한 것만으로도 헌터의 필요성은 급감했다. 시간이 지나 지구상에서 몬스터가 완전히 사라지고 나면 모든 헌터가 실업자가 될 것이다. 이미 그때를 대비한 법 제정이 필요하다는 여론이 대세를 이루고 있었다.

그런 상황에서 휴고의 소집은 미국의 헌터들에게는 기회로 여겨졌다.

인류 역사상 가장 이질적인 불안이 지배했던 이 시대의 끝에서, 미국을 구한 영웅으로 역사에 이름을 남길 기회.

그리하여 휴고를 중심으로 한 미국 올스타팀 '커튼폴'이 탄생했다.

선거를 준비하는 미국 임시정부를 비롯해서 수많은 기업과 자산가들이 그들의 스폰서가 되겠다고 나섰다.

헌터 팀들도 예외는 아니었다. 그들은 커튼폴의 재해 지역 정화 작업에 아낌없는 지원을 약속했다.

*   *   *

커튼폴은 미국 내에서만이 아니라 전 세계적으로 뜨거운 인기를 누리고 있었다.

오히려 미국에서 그들을 비난하는 목소리가 있을 정도였다.

인류를 위해 재해 지역을 청소하는 그들이 비난받을 이유가 대체 어디 있겠냐고?

그들이 미국의 이익을 위해서만 움직이지 않기 때문이다.

지금의 세계정세는 혼란 그 자체였다.

이런 상황에서 미국 내 재해 지역을 정화해서 영토를 수복하는 것에 전념하는 것은 미국의 국력을 높이는 길이다.

하지만 아직 미국의 재해 지역을 남겨놓은 상황에서 국외의 재해 지역을 정화하는 작업에 나선다면?

그것은 미국의 이익을 깎아 먹는 짓이 될 수 있다.

설령 타국의 사람들이 당장 긴급한 위험에 처했다 하더라도, 위험을 감수하면서 타국인을 구해주는 것보다는 전혀 급하지 않은 미국의 문제를 해결하는 것이 좋다. 국가적 관점에서 보면 그렇다.

하지만 커튼폴은 그런 길을 택하지 않았다.

해외라 할지라도 절박하게 도움을 요청하는 곳이 있다면 기꺼이 날아가서 재해 지역을 처리했다.

"남미나 캐나다야 그렇다 치고, 필리핀까지 오게 될 줄은 몰랐지."

"그러게. 하지만 평화로운 남국의 바다를 보면서 술 마시는 기분은 정말 좋지 않나?"

"어이, 캡틴. 기왕 여기까지 온 거 며칠 쉬다 가면 안 되나?"

작전을 마친 후, 커튼폴의 팀원들은 필리핀 정부가 마련해 준 파티를 즐기며 시시덕거렸다.

휴고가 씩 웃었다.

"왜 안 되겠어? 필리핀 정부가 우리를 위해 이 리조트를 대절해 주고 모든 편의를 봐주겠다고 했으니까 마음껏 즐기고 가자고."

"브라보!"

"남국의 리조트에서 휴양이라니, 꿈만 같아!"

"난 어렸을 때 코타키나발루에 가족 여행을 갔던 적이 있어. 근데 너무 어린 시절이라 기억이 잘 안 나는군."

커튼폴의 팀원들이 환호성을 질렀다.

"이틀은 놀 수 있어."

휴고가 덧붙인 말에 우우— 하는 야유가 터져 나왔다.

"이런 데까지 왔는데 겨우 이틀이야?"

"너무한다. 일주일! 일주일은 놀고 가자고!"

"어차피 여기 오느라 고생한 것도 아니잖아. 나중에 한가해지면 사적으로 놀러 오라고. 이제 얼마든지 올 수 있을 테니까."

본래 미국에서 필리핀까지 날아오려면 오랜 시간이 걸렸을 것이다. 그게 정상이었다.

하지만 커튼폴 팀원들은 한 발짝 내디디는 것만으로 도착했다. 휴고가 오버 커넥트로 만들어낸 워프 게이트를 이용했으니까.

팀원들과 와자지껄하게 떠들며 즐기던 휴고가 순간 멈칫했다.

"왜 그래, 캡틴?"

"잠깐 통화 좀 하고 올게."

"설마 긴급 작전 때문에 바로 돌아가야 한다거나 그러는 거 아니지?"

다들 불안해하며 휴고를 바라보았다. 휴고가 대수롭지 않다는 듯 손을 내저었다.

"그건 아니니까 걱정 말고."

휴고는 인적이 없는 곳으로 이동해서 전화기를 들었다. 아니, 전화기를 드는 척했을 뿐, 그의 정신은 구세록의 정보공간에 진입해 있었다.

"수고했어. 작전은 잘 끝났다면서?"

그곳에서는 브리짓이 기다리고 있었다.

휴고가 어깨를 으쓱했다.

"그야 잘 끝나지 않을 이유가 없잖아."

사실 커튼폴에 휴고가 있는 시점에서 지구상에 그들이 어렵게 처리할 재해 지역 따위는 존재하지 않았다. 지금의 휴고라면 9등급 몬스터도 어렵지 않게 죽여 버릴 수 있었으니까.

하지만 대외적인 이미지 관리를 위해서 휴고는 자신의 힘을 적당히 숨겼다. 이후의 삶을 위해서는 필요한 작업이었다.

브리짓이 말했다.

"그런데 무슨 일이야? 뭔가 긴급한 일이라도 생긴 거야?"

"작은 일은 아니야."

"뭔데?"

"리사가 'HU'와 접촉했어."

그 말에 휴고가 흠칫했다.

"리사가? 그럼……."

"그와 그녀도 알게 되었겠지."

"확실히 중대 사안이군."

휴고가 표정을 굳혔다.

HU는 얼마 전에 미국의 정보망에 걸려든 비밀 조직이었다.

브리짓은 이들의 존재를 포착하고, 그 실체를 알게 된 시점에서 바로 섬멸을 고려했다. 하지만 아직 파악하지 못한 부분에서 심상치 않은 정보가 나와 좀 더 지켜보는 쪽을 택했다.

"한국으로 가서 그에게 해명할 생각이야. 우리가 무슨 꿍꿍이가 있어서 HU를 방치한 게 아니라는 것을 납득시켜야지."

"안 돼!"

휴고가 기겁했다.

"왜 위험을 자초하는 거야?"

"어차피 그가 마음만 먹으면 지구 어디에 있든 마찬가지야. 우주로 나가도 똑같을걸?"

"……"

휴고는 그 말을 부정할 수 없었다.

"직접 찾아가는 게 가장 진실성을 보이는 길이야."

"아무리 그래도 너 혼자는 못 보내. 나도 같이 가. 마침 이틀이나 시간이 비었어."

브리짓은 그러지 말라고 말하지 않았다. 푸근한 눈으로 휴고를 바라보다가 고개를 끄덕였다.

"고마워. 근데 한 가지 문제가 있어."

"무슨 문제?"

"그와도, 그녀와도 연락이 닿지 않아."

"뭐? 어째서?"

놀라는 휴고에게 브리짓이 자신의 추측을 말했다.

"아무래도 그 두 사람은 지금 지구에 없는 것 같아."

2

왕의 섬.

그곳은 오랫동안 종말의 군단이 심장부로 여겨왔던 곳이다.

독립된 여러 정보세계를 하나로 묶는 중심 역할을 했던 그곳은, 언제나 죽음을 거부하고 침략자가 되기를 선택한 언데드들이 있었다.

그러나 그것도 이제는 옛날이야기가 되었다.

더 이상 그 시절을 추억할 존재조차 없는 그곳은 유령도시라는 말이 어울렸다.

그런 왕의 섬 한복판을 두 사람이 걷고 있었다.

서용우와 이비연이었다.

"딱 한 가지는 좋군. 썰렁한데도 쓰레기가 굴러다니지 않는 거."

이 세계는 지속적인 청소가 불필요하다.

자연 조건에 따른 당연한 변화, 물건 위에 먼지가 쌓이거나 뭔가가 썩어가는 일이 없다.

오직 누군가의 움직임에 따른 변화만 존재하기에, 마지막으로 군단이 총공세에 나선 순간 이후로 변화가 없었다.

쿠르르릉······.

"그것도 시간 문제긴 하겠지만."

용우는 세계의 바깥에서 들려오는 굉음을 들으며 중얼거렸다.

그 소리는 사실 허상이다. 물리적 거리감으로는 설명할 수 없는 아득한 어딘가에서 발생한 음파가 여기까지 닿을 리가 없지 않은가?

왕의 섬과 연결된 다른 세계, 과거에는 군단에 속한 강대한 존재들의 영지로 분류되었던 세계가 혼돈에 잠식당해 붕괴하는 소리였다.

용우가 그 소리를 듣는 이유는 간단했다.

"백성이 모조리 사라졌는데도 왕위는 존재한다니, 정말 웃기는 일이야."

용우가 군단의 왕이기 때문이다.

최종 결전에서 용우는 라지알을 죽이고, 그가 지닌 융합체를 빼앗았다.

그로써 용우가 지닌 융합체 네불라는 더욱 강대한 권능의 산물이 되었다.

불꽃의 활, 대지의 로드, 빙설의 창, 새벽의 해머, 광휘의 검까지 성좌의 무기 5개.

하스라 코어, 볼더 코어, 두라크 코어, 소우바 코어, 에우라스 코어까지 군주 코어 5개.

이 10개의 요소가 하나로 통합된 것이 지금의 네불라였다.

네불라의 주인인 용우가 왕의 섬에 진입하는 순간, 군단의 시스템은 용우를 왕으로 선택했다. 그리고 용우는 왕의 섬이라는 거대한 요새에 존재하는 모든 기능을 쓸 수 있게 되었다.

"자, 그럼……."

용우가 운을 떼는 순간, 두 사람 주변의 풍경이 바뀌었다.

한순간에 왕궁의 중심부로 이동한 것이다. 용우가 옥좌에 앉자 주변 풍경이 바뀌었다.

"아직도 78퍼센트나 남아 있나."

군단의 세계는 혼돈에 잠식되어 사멸해 가고 있었다.

예전에는 군단의 일원들이 혼돈과 맞서 잠식을 늦추고, 그 과정에서 얻은 소재를 가공해서 몬스터를 만들어냈다. 하지만 이제는 그런 일을 할 존재가 없기에 침식이 계속 진행되고 있었다.

"한 달이나 신경을 안 썼는데도 1퍼센트밖에 진행이 안 되다니, 혼돈도 별로 열심히 일하지는 않는군."

"그렇게 침식이 빨랐으면 군단이 천 년 넘게 버티지도 못했을걸."

"그건 그렇지만."

군단의 세계는 광활했다. 연합해 있는 세계의 공간 면적을 전부 합치면 지구의 수십 배에 이른다.

물론 우주적인 관점에서 보면 별로 넓은 것이 아니기는 하다. 하지만 군단의 머릿수가 가장 많을 때도 200만 명을 안 넘었다는 것을 생각하면 엄청나게 인구밀도가 낮았던 것이다.

이비연이 말했다.

"이래서야 이식은 꽤 먼 훗날의 이야기겠네."

"서두를 이유도 없잖아. 쥐어 짜낼 만큼 쥐어 짜낸 후에 해도 늦지 않아"

"그건 그렇지만……."

"왜?"

"아니, 그냥. 여기 올 때마다 별로 기분이 안 좋아서."

이비연이 한숨을 쉬었다.

그녀에게는 타락체 시절의 기억도 생생하게 남아 있었다. 그러다 보니 군단의 세계에 올 때마다 미묘한 기분에 사로잡히고는 했다.

"거북하면 앞으로는 나 혼자 처리할게."

"그렇게까지는 아니고."

용우의 말에 이비연이 고개를 저었다.

그녀는 왕은 아니었지만, 왕의 섬을 통제할 권한 일부를 갖고 있었다.

용우가 라지알에게서 빼앗은 3개의 군주 코어 중 트라드 코어와 데바나 코어를 그녀에게 주었고, 그 결과 융합체 킁뢰는 성좌의 무기 2개와 군주 코어 3개가 합쳐진 권능의 결정체가 되었기 때문이다.

"오빠 혼자서 하면 그만큼 놓치는 전선이 많아지잖아? 기껏 여길 장악해 놓고 그렇게 손해를 볼 수는 없지."

군단이 전멸한 지금, 용우는 섬기는 자 하나 없이 왕관만을 가진 공허한 왕이다.

그럼에도 그 왕위는 쓸모가 있었다.

일단 왕의 권한으로 군단이 축적한 영적 자원을 마음껏 쓸 수 있었다. 최종 결전에서 막대한 양을 소모했음에도, 여전히 엄청난 양이 남아 있었던 것이다.

그리고 세계를 잠식하는 혼돈은, 용우와 이비연에게는 마력석 광맥이나 다름없었다.

군단은 혼돈의 괴물을 죽이고, 그 시체를 재료 삼아 몬스터를 만들어냈다.

하지만 용우와 이비연은 굳이 몬스터를 만드는 대신 그 시체를 마력석으로 변환시키고 있었다.

작년부터 틈틈이 그 작업을 계속한 결과, 두 사람의 아공간에는 퍼스트 카타스트로피 이후 지금까지 지구에서 생산된 마력석 총량을 능가하는 마력석이 쌓였다.

설령 인류가 마력석을 필요로 하지 않는 상온 핵융합 기술을 상용화하는 데 30년쯤 걸리더라도 아무런 문제가 없을 정도의 비축량이었다.

'이 세계가 끝장날 때까지 비축하면 진짜 500년은 버틸 수 있을지도.'

게다가 용우에게는 거의 무진장의 영적 자원도 있다.

이 영적 자원을 마력석으로 변환하는 것도 가능하기에, 사실 마음만 먹으면 인류를 먹여 살릴 수 있는 수준이다.

"5% 미만이 되려면 몇 년은 걸리겠군."

"너무 아슬아슬할 때까지 버티는 건 안 좋지 않을까?"

"하긴 그래. 6% 정도 시점에서 이식하는 게 좋겠지."

두 사람이 말하는 '이식'이란 이 왕의 섬을 군단의 세계에서 적출, 구세록 내부 세계로 옮기는 작업을 말한다.

왕의 권능으로 통제되는 왕의 섬은 쓸 만한 기능이 많은 시설이었다. 그래서 구세록 내부 세계로 옮겨서 두고두고 써먹기로 한 것이다.

구세록의 권능과 왕의 권능, 두 가지를 모두 손에 넣은 용우는 여러 가지 일을 할 수 있게 되었다.

영적 자원을 소모해서 일반인을 각성자로 만들 수도, 스펠 스톤을 찍어낼 수도 있었다.

물론 지금 시점에서는 그런 일을 할 이유가 없었지만.

'하지만 그래야 할 일이 생길지도 모르지.'

용우는 군단의 기록을 보며 생각했다.

*   *   *

세계 곳곳에서 영토 분쟁이 일어나고 있는 지금, 한국은 그런 분위기와는 한발 떨어져 있었다.

일단 한국은 전쟁 같은 것에 눈 돌릴 여유가 없었다.

작년, 군단의 대공세로 입은 타격이 커서 국가를 정상화하는 것만으로도 큰일이었다.

당시의 사회 분위기는 정말 위험했다. 자칫하면 국가 자체가 몇 개로 쪼개져서 내전을 벌이는 사태까지 갔을 수도 있었다.

다행히 사태는 그렇게까지 최악으로 치닫지는 않았다.

현재 한국은 임시정부를 수립, 행정 시스템을 복구하고 선거를 앞둔 상태였다.

그게 가능했던 것은 영향력 있는 인사들이 놀라울 정도로, 한마음 한뜻으로 뭉쳤기 때문이다.

정치권 인사들은 진영 논리를 떠나 손을 잡았고, 재계의 인물들도 사회 안정화를 위해 막대한 자금을 퍼붓기를 주저하지 않았다.

이것은 한국인들에게 신선한 충격을 주었다.

아무리 어려운 상황에 처했어도 이익을 도외시하고 하나로 뭉치기 어려운 것이 인간 본성이다. 특히 한국 사회의 기득권층은 그런 경향이 두드러져서 미움을 받는 자들이었다.

하지만 그들은 놀라울 정도로 이상적인 행보를 보여주고 있었다.

대중은 그런 그들의 태도에 찬사를 보냈지만…….

진실은 그렇게 아름다운 것만은 아니었다.

＊　　　＊　　　＊

저벅…….

정적 속에서 사람의 발소리가 천둥소리처럼 크게 울렸다.

물론 정말로 그 발소리가 컸던 것은 아니다. 모두가 숨 쉬는 것조차 잊고 발소리의 주인에게 집중하고 있었기에 그렇게 들렸을 뿐.

티디디딩…….

대리석 바닥 위로 작은 금속성의 물질들이 떨어지는 소리가 울렸다.

털썩! 털썩! 쿵!

장난감처럼 날아가서 벽에 처박혔던 거구의 군인들이 땅에 처박히는 소리가 이어졌다.

"히이익……."

군인 한 명이 겁에 질려 바람 빠지는 것 같은 신음을 냈다.

발소리의 주인, 백발의 청년 차준혁이 고개를 갸웃하며 물었다.

"다 했나?"

"뭐, 뭐라고?"

"해보고 싶었던 건 다 했냐고 물은 거다, 김 장군."

"으음……!"

김 장군이라 불린 중년의 남자가 신음했다. 3성 장군인 그는, 자기보다 까마득하게 어린 청년의 지루해 보이는 시선에 공포를 느끼고 있었다.

차준혁을 포함한 세 사람이 그의 집무실에 들어오는 순간, 완전무장한 채로 기다리던 군인들이 일제사격을 가했다.

사격을 가한 군인 중에는 각성자도 있었다. 수십 발의 소총탄과 에너지탄이 그들을 급습했다.

하지만 그 결과는 공포스러웠다.

차준혁도, 그와 함께 온 두 사람도 머리털 하나 상하지 않았던 것이다.

그들이 전원 허공장 보유자였기 때문이다. 그것도 마치 고등급 몬스터의 그것처럼 강력한 허공장이라, 소총탄은 물론이고 각성자 군인이 쏜 에너지탄조차 거기에 막혀 버렸다.

세 사람은 마치 아이들을 다루듯 쉽게 군인들을 때려눕히고 김 장군 앞에 섰다.

"각성자 부대라니, 그래도 아무 생각 없이 쿠데타를 준비한 건 아니었군."

그렇게 중얼거린 것은 차준혁의 뒤에 있던, 체격이 큰 중년 남자였다.

팀 블레이드의 사장 오성준이 쓴웃음을 지으며 말했다.

"이제 와서 다시 군부 독재를 꿈꾸면서 쿠데타를 준비할 줄이야. 정말 시대착오적인 발상인데, 요즘 세상이면 불가능한 일은 아니군. 예전에 비해 축소된 군대라고 해도 지방 군벌로는 자리 잡을 수 있을 것이고, 결국 내전으로 끌고 갈 수 있었을지도 모르지."

"우리가 군부에 신경을 안 쓰기는 했지."

선글라스를 낀 중년 사내, 팀 크로노스의 사장 백원태가 어이없어하며 말을 이었다.

"그 결과가 이거라니, 옛날 생각나는군. 안 좋은 추억이 떠오르는데?"

군부의 힘이 막강해서 장성의 기분을 거스르기만 해도 살해당할 것을 걱정해야 하던 시절이 있었다.

그 시절 백원태와 오성준은 각성자의 권익을 위해 일어나 군부의 권력을 파괴한 사람들이다. 이제 와서 다시 쿠데타를 위한 움직임을 보니 복잡한 기분이 드는 것은 어쩔 수 없었다.

헌터를 중심으로 한 방위 시스템이 확립된 이후, 한국 군대는 징병제에서 모병제로 전환되면서 그 규모가 대폭 축소되었다.

그럼에도 그들에게는 힘이 있었다. 징병제 시절보다 훨씬 전문성이 높아진 인적자원, 그리고 무수한 무인 병기라는 힘이.

아직 사회가 혼란을 수습하지 못한 타이밍이었고, 각성자 부대를 끌어들인 시점에서 쿠데타는 충분히 승산이 있었다.

하지만 세상은 겉으로 드러난 게 전부가 아니었다.

문득 차준혁이 말했다.

"하지 마라."

"뭐?"

"하지 말라고. 책상 밑에 숨긴 권총."

흠칫하는 김 장군에게 차준혁은 퍽 한심해하는 시선을 보내주었다. 그의 예지가 김 장군이 뭘 준비하는지 다 보여주었기 때문이다.

"아니, 해봐. 해보고 안 되는 걸 봐야 정신을 차리겠군. 일반 소총도 아니고 각성자용 소총으로, 증폭 탄두를 쏴도 아무 소용없다는 걸 확인했지 않나? 그런데도 권총으로 뭐가 될거라고 생각하다니, 아무래도 지능지수가 낮은 것 같으니까."

"이익……!"

김 장군은 몸을 부들부들 떨 뿐, 결국 총을 들지 못했다.

차준혁이 말했다.

"항복해라. 목숨은 살려주지."

"안 하면 죽이겠다는 거냐? 새파랗게 어린놈이……."

"만나 보자 해놓고 다짜고짜 암살을 시도한 작자가 할 소리인가?"

김 장군을 중심으로 군부가 쿠데타를 준비하고 있다는 정보를 입수한 백원태와 오성준은 일단 만나서 대화를 해보기로 했다.

하지만 그들이 지정한 장소는 군부대 안, 그것도 김 장군의 집무실이었다. 철저하게 소지품 검사를 당한 세 사람이 약속 장소에 들어서는 순간, 완전무장한 병력의 일제사격이 쏟아진 것이다.

사실 차준혁 입장에서는 이 방에 있는 자들의 목숨을 살려 둔 것만으로도 관대함을 보인 것이다. 그가 마음먹는 순간 공격자 전원이 뼛조각도 남기지 못하고 증발했을 테니까.

차준혁이 눈을 부릅떴다.

"……!"

순간 김 장군은 눈앞이 새하얘졌다. 항거할 수 없는 압박감이 그를 짓눌러서 터뜨리는 것 같았기 때문이다.

"커억, 허억……!"

잠시 후 그 압박감이 썰물 빠져나가듯 사라지자 김 장군이 벌레처럼 바닥을 뒹굴면서 신음했다.

"아무래도 자기가 머리가 나쁘다는 걸 잘 모르는 것 같군."

차준혁이 얼음장처럼 싸늘하게 말했다.

"……!"

김 장군이 공포에 질렸다.

갑자기 정신에 뚜렷한 이상이 발생했기 때문이다.

생각이 제대로 이어지지 않는다.

말하려던 것이 띄엄띄엄 끊어지고, 당연히 알고 있던 것이 뭔지 모르겠고, 무슨 말을 하려고 했는지도 생각이 안 나고,

자기가 뭘 하고 있는지도 모르게 된다…….

그렇게 갈가리 찢겼던 사고 능력이 다시 회복되었을 때, 그는 하얗게 질려 버린 얼굴로 차준혁을 바라보았다.

"당신을 여기서 죽여 버리면 일이 좀 귀찮아질지도 모르지. 하지만 사람을 치워 버리는 방법은 죽이는 것만이 아니야. 예를 들어 쿠데타를 일으키려던 김 장군의 정신이 나가 버린다면 어떨까?"

김 장군은 질식할 것 같은 공포를 느꼈다. 방금 전의 체험만으로도 차준혁이라면 충분히 그럴 수 있는 힘을 가졌다고 깨달은 것이다.

"이, 이런 식이었나?"

김 장군의 목소리가 덜덜 떨려 나왔다.

"뭐가?"

"여태까지 다 이런 식으로 굴복시킨 건가? 그래서 다들 어울리지 않게 순한 양처럼 자기 걸 다 내놓은 건가?"

"상상에 맡기지."

차준혁이 빙긋 웃어 보였다. 김 장군의 공포를 더욱 키우기 위한 연기였다.

"쿠데타에 대한 것을 공표할 필요는 없어. 그냥 다 내려놓고 은퇴하도록 해. 혹시 통제가 안 될 사람들이 있다면 한곳에 모아두고 날 부르도록."

슬프게도 폭력은 매우 효과적이었다. 폭력으로 세상을 지배하려는 자들에게는 더더욱.

3

작년부터 백원태와 오성준, 다니엘 윤은 한국 사회를 정상화하기 위해 동분서주하고 있었다.

한국 최정에 헌터 기업의 사장으로서 방위 시스템을 정상화하고, 사재를 털어서 가족과 집을 잃은 사람들의 삶을 지원했다.

또한 그들은 정재계 인사들을 하나로 모아 자신들의 행동에 동참하게 만들었고, 서용우는 이 행동을 지지해 주었다.

피로 얼룩진 일을 했다는 뜻은 아니다.

그들이 국가 정상화를 하는 데 필요하다고 생각하는 일들, 각계에서 영향력을 발휘하는 사람들을 모아놓고 '진실'을 보여 줬을 뿐이었다.

그들에게 자신이 살아가던 세계가 얼마나 위태로운 살얼음판이었는지 깨닫게 해주는 것은 별로 어렵지 않은 일이었다.

심지어 이 일에도 용우는 직접 나서지 않았다.

그는 더 이상의 노출을 꺼렸다. 세월이 흘러감에 따라 조용히 잊히길 원했다.

그래서 차쥬혁이 대신 이런 역할을 맡게 되었다.

"오랜만에 불러내 놓고 또 이런 역할을 시켜서 미안하군.

웬만하면 우리끼리 해결하겠는데 다른 일도 아니고 쿠데타라……."

오성준의 말에 차준혁이 고개를 저었다.

"불필요한 피를 흘리지 않기 위해서는 필요한 일입니다. 어쩔 수 없죠."

최대한 빨리 한국 사회를 정상화하기 위해서, 그리고 그 과정에서 흐를 피의 양을 줄이기 위해서는 필요한 일이었다. 차준혁도 그렇게 생각했기에 백원태와 오성준에게 협력하고 있었다.

"그래도 이제 거의 다 됐으니 이럴 일도 없을 거야."

"제발 그랬으면 좋겠군."

백원태가 한숨 섞인 목소리로 말했다.

현재 한국은 작년에 수립된 임시정부를 중심으로 돌아가고 있었다. 그리고 이제 얼마 후면 선거가 시작된다.

"쿠데타라니, 난 보고서 올리는 놈이 장난친 건 아닌가 의심했다니까?"

"그러게 말이지. 하여튼 어느 시대나 비슷한 망상에 취하는 놈이 나타나는 건가."

백원태와 오성준은 진저리를 쳤다.

문득 백원태가 차준혁에게 물었다.

"그러고 보니 요즘 용우 씨는 본 적이 있나?"

"저보다 백 사장님이 더 자주 보시지 않습니까?"

"나도 요즘 너무 바빠서 못 본 지 좀 됐네. 지난번에 통화해서 기부금 뜯긴 게 다였지."

"캡틴이 사장님한테서 기부금을 뜯어냈다고요?"

"아직도 캡틴인가?"

팀 섀도우리스는 해산했다. 그런데도 차준혁은 서용우를 캡틴이라고 부르고 있었다.

"달리 뭐라고 불러야 할지 어색해서 그냥 그렇게 부르고 있습니다."

"형이라고 부르면 되지 않나?"

"그건 싫습니다."

차준혁은 딱 잘라 말했다.

백원태는 어깨를 으쓱하고는 말했다.

"좋은 일에 쓰는 거니까 생각날 때마다 내라고 하더군."

"확실히 구호 사업이 밑도 끝도 없이 돈을 먹는 것 같긴 하더군요."

군단의 대공세가 한국 사회에 입힌 피해는 너무나 컸다.

임시정부가 수립되기는 했지만 아직 힘이 미치지 못하는 곳이 너무나 많다. 그런 상황 속에서 놀라울 정도로 자금 규모가 큰 구호 사업을 벌이는 조직이 있었다.

임시정부의 힘이 미치지 못하는 곳에 위치한 피해자들을 보듬어주는, 이 조직의 장은 바로⋯⋯.

　　　　　　　*　　　　　*　　　　　*

2030년 2월.

군단의 대공세가 지구를 덮친 지도 어느덧 9개월이 지났다.

하지만 서울에는 아직도 대파괴의 흔적들이 흉측하게 남아 있었다. 파괴 규모가 너무 컸고, 그 흔적을 복구할 여력도 없어서 어쩔 수 없었다.

본격적인 재해 복구는 빨라도 내년부터 이뤄질 것이다. 선거가 끝나서 새로운 정부가 출범하고 재해 복구 사업안을 입안하기까지의 과정을 거쳐야 했으니까.

"후우."

김은혜는 사무실 의자에 몸을 묻은 채로 한숨을 쉬었다.

그녀는 일반인보다 월등한 신체를 지닌 각성자였지만, 며칠째 잠도 못 자고 일만 했더니 눈이 침침해지고 있었다.

똑똑.

"들어오세요."

잠시 쉬고 있자니 누군가 집무실을 노크했다.

그러자 자신감 넘치는 인상의 중년 여성이 들어와서 말했다.

"어제 말씀하신 기획안 완성했습니다."

"기한 사흘 준다고 했었는데요?"

"아이템이 워낙 확실하니까요. 오래 끌 필요가 없었지요."

"천천히 해도 되는데……. 부하 직원들이 너무 유능해서 피곤하군요."

"회장님만 하겠어요?"

중년 여성의 말에 김은혜가 힘없이 웃었다.

"그러게요. 나도 좀 슬슬 일해야 하는데."

김은혜는 눈앞에 일이 있으면 해치우지 않고서는 못 견디는 성격이었다.

그리고 그녀는 유능했다. 그녀와 일해본 사람 중에 그녀의 유능함을 인정하지 않는 이는 아무도 없었다. 전 세계를 쥐락펴락한 팀 섀도우리스의 매니지먼트도 훌륭하게 소화해 낸 그녀가 아닌가.

'공무원 인생을 살다가, 멸망의 위기에서 세계를 구한 초인 집단의 매니지먼트를 하다가, 이제는 한국에서 제일 돈을 펑펑 써대는 구호 사업체 회장 노릇이라니… 인생 참 알 수 없네.'

정말 한치 앞을 예상할 수 없는 인생이었다.

팀 섀도우리스가 해산한 후, 김은혜는 구호 사업을 시작했다. 군단의 대공세로 피해 본 사람들을 위한 조직이었다.

김은혜는 유능함을 십분 발휘하여 돈을 효율적으로, 그러면서도 펑펑 써대고 있었는데 워낙 자금력이 막대해서 돈 걱정을 해본 적이 없었다.

그 배경에는 팀 섀도우리스가 있었다.

팀 섀도우리스 해산 때, 서용우가 그녀에게 물었다.

'그동안 수고했어. 혹시 다음 계획이 있나?'
'글쎄요. 돈 많은 실업자가 된다고 생각하니 뭘 해야 할지
아무것도 안 떠오르는데요.'

김은혜는 워커홀릭이었다.
업무 능력이 출중한 것은 물론이고 자신에게 주어진 일을
해내는 것에서 성취감을 얻었기에, 일이 없어진다고 생각하니
정말 막막한 기분이 들었다.

'가족 데리고 여행이나 다닐까 했는데, 지금은 별로 시기가
좋지 않은 것 같고……'
'휴식이 간절한 게 아니라면, 일 하나 안 해보겠어?'
'또 저를 고용하려고요? 무슨 일인데요?'
'돈 쓰는 일.'

서용우는 그녀에게 구호 사업을 맡기고, 초기 자본금으로
1조 원이라는 어마어마한 거액을 안겨주었다.
한국 내에 국한된 구호 사업인데 대뜸 1조 원을 쓰라고 주
다니, 서용우이기에 가능한 스케일이었다.
게다가 이 구호 사업의 자본금은 그것으로 끝나지도 않았다.

팀 섀도우리스 멤버들을 시작으로 막대한 자금이 추가로 유입되었다. 김은혜는 전력을 다해서 그 돈을 보람차게 쓰는 중이었고, 그 일이 꽤 마음에 들었다.

'좋은 일에 돈을 마구 써대는 맛이란!'

그건 팀 섀도우리스의 매니지먼트로 돈을 어마어마하게 벌어댈 때와는 또 다른 쾌감을 안겨주었다.

"일단 나가보세요. 검토라도 좀 천천히 해야겠네."

"네."

부하 직원이 나가자 김은혜는 잠시 인터넷을 뒤적거리면서 딴짓을 했다. 하지만 3분도 집중하지 못하고 기획안을 집어 들었다.

'이재민 돕기 e스포츠 & 각성자 격투 대회.'

기획안의 타이틀이었다.

*   *   *

팀 섀도우리스 해산 후에도 유현애를 향한 대중의 관심은 식을 줄 몰랐다.

전 세계에서 가장 유명한 헌터가 휴고 스미스라면, 한국을 포함한 아시아에서 가장 유명한 헌터는 유현애라고 해도 과언이 아니었다.

이미나와 차준혁도 레전드로 불렸지만, 인지도 면에서는 유현애를 따르지 못했다. 유현애는 미모도 빼어나고, 대중의 주목을 모으는 스타성이 있었기 때문이다.

게이트 재해가 소멸한 이후, 그녀는 이미나, 차준혁과 손잡고 적극적으로 한국의 재해 지역을 정화했다.

긴급한 요청이 있으면 종종 일본을 비롯한 아시아 각지로 날아가서 활약하기도 했다. 그래서 한국만이 아니라 아시아 전역에서 그녀를 여신처럼 떠받들었다.

"자, 여러분! 결승 진출자가 결정되었습니다! 모두가 기대하던 스페셜 매치가 성립되었어요!"

와아아아아아!

선거가 얼마 남지 않은 2030년 3월. 구로구의 고척 스카이돔을 1만 8천 명의 환호성이 뒤흔들었다.

김은혜가 이끄는 구호 사업체가 기획한 행사였다.

고척 스카이돔을 이틀간 빌려서 어제는 인지도 높은 16명의 헌터가 출전하는 격투기 대회를, 그리고 오늘은 e스포츠 대회를 열었다.

양쪽 행사 모두 쟁쟁한 선수들이 출전했지만, 이재민 돕기 성금을 기부받는 행사라 출전자 모두 자원봉사였다.

홍보에도 심혈을 기울여서 TV 시청률과 인터넷 시청자 수도 굉장한 수치를 기록했고, 어제 하루만으로도 엄청난 액수의 기부금이 모여서 매우 성공적이라는 평을 들었다.

그런데 오늘은 어제의 3배가 넘는 기부금이 모여서 사람들을 경악시키고 있었다.

"역시 현애 인기는 사기급이야."

VIP석에 앉아 있던 이미나가 혀를 내둘렀다.

어제 격투기 대회 행사에는 그녀도 출전했다. 그녀가 출전한다고 하자 한국 헌터만이 아니라 아시아 전역에서 격투기로는 난다 긴다 하는 거물들이 출전해 주었다. 이미나의 명성이 워낙 높았기에 다들 한번쯤 싸워보고 싶어 했던 것이다.

하지만 당연하게도 이미나의 상대가 되는 선수는 아무도 없었다.

지금의 이미나는 규격을 초월한 강자였다. 그녀와 다른 헌터는 피지컬 면에서 사자와 개미 정도의 차이가 있으니 당연했다.

이미나도 그 사실을 잘 알았기에 힘을 감추고 최대한 재미있는 경기를 연출하기 위해 노력했다. 매 경기마다 상식적으로는 불가능한 슈퍼 플레이가 난무했기에 어제 그녀가 뛴 경기의 다시 보기 매출이 폭발적으로 치솟고 있었다.

'난 이젠 격투기 선수가 아니라 엔터테이너가 되어버렸네.'

이미나는 그 사실이 좀 씁쓸하기도 했다.

그녀는 각성자가 되기 진에는 진지하게 격투기의 길을 걸었고, 이벤트성이라고는 하나 헌터 격투기에 진지하게 임했으니 그럴 수밖에 없었다.

'너무 강해서 상대가 없다는 사실에 박탈감을 느낀다니, 무슨 만화 캐릭터도 아니고……'

세계를 구한 대가로 적수가 없는 고독을 선물받다니, 현실이라기보다는 중학생 시절 일기장에 끄적였을 법한 망상 같지 않은가?

그런데 지금은 그것이 이미나의 현실이었다.

와아아아아!

그때 사람들의 함성이 한층 더 커졌다.

결승전을 치르기 위해 한 사람이 무대에 올랐기 때문이다.

국민 여동생이라 불리는 동안형 미모에, 키는 작지만 근사한 비율을 자랑하는 단발머리의 여성 유현애였다.

"현애야! 사랑한다!"

"꺄아아아악! 언니! 여기 좀 봐주세요!"

남녀를 가리지 않는 엄청난 인기가 실감 나는 현장이었다.

그녀가 연예인이 아니라 아시아의 여신처럼 숭배받는 헌터이기에 가능한 인기였다.

오늘 e스포츠 대회는 처음부터 유현애를 주인공으로 시작된 기획이었다.

각성자와 비각성자를 가리지 않는 이벤트 토너먼트.

16명의 선수가 참가한 이 대회에서 유현애는 멋진 경기력으로 결승에 진출했다.

"소원 성취했네."

결승전 치를 준비를 하는 유현애를 보며 이미나가 피식 웃었다.

게임에 집중하는 유현애는 정말로 즐거워 보였다. 그 어느 때보다도 집중력이 강하다는 것을, 대형 스크린에 비춰진 얼굴 표정만 봐도 알 수 있었다.

아마 저 표정 때문일 것이다. 오늘의 기부금 액수가 경이로운 것은 그녀의 팬이라면 참을 수 없을 정도로 매력적인 저 표정이 단단히 한몫했으리라.

'그래. 이 정도면 만족할 만하지?'

선택받은 존재가 되어 인류를 파멸의 운명에서 구해냈다. 그리고 사람들의 찬사를 받으며 예전에 자신이 진지하게 걸었던, 이제는 영영 잃어버린 꿈의 편린을 이런 식으로나마 맛볼 수 있다.

이 정도면 아쉬움은 있어도 즐거운 인생 아니겠는가?

이미나는 유현애를 보며 푸근하게 미소 지었다.

*　　　*　　　*

이재민 돕기 e스포츠 대회는 유현애의 우승으로 끝이 났다.

5판 3승제로 치러진 결승전은 치열한 접전으로 3:2 스코어를 기록했고, 기부금도 엄청난 액수가 모여서 매우 성공적인 행사였다.

유현애와 이미나는 관계자들과 뒤풀이를 즐기고 나서 인적 없는 하천 산책로를 걸었다.

"문득 궁금해진 건데……."

유현애가 말했다.

"우리 지금 운전하면 음주운전으로 걸릴까요?"

"현애 넌 면허 없잖아."

"아, 그런 뜻으로 하는 말이 아니잖아요."

유현애의 투덜거림에 이미나가 아하하 웃었다.

"걸리겠지."

"하나도 안 취했는데."

"음주운전하는 사람들 다 그런 말 하더라."

"진짜로 안 취했잖아요."

"안 취했다고 술 냄새가 안 나는 건 아니니까. 냄새로 잡잖아."

유현애와 이미나의 몸은 항상성 유지력이 비정상적으로 뛰어났다.

각종 약물이 효과를 보지 못하는 것은 물론이고 심지어 치사성 독도 유의미한 손상을 입힐 수 없을 정도였다. 술도 마찬가지라서 열심히 들이부어봤자 잠깐 알딸딸해졌다가 금방 회복되고 만다.

"이런 날에는 좀 취해서 홍얼홍얼하면서 걸으면 되게 기분

좋을 것 같은데."

"지금도 기분 좋으면서."

"그냥 술에 취할 수 있었을 때의 기분이 그리워지네요."

그렇게 시시콜콜한 이야기를 나누며 산책로를 걸을 때였다.

문득 두 사람은 자신들이 걷는 산책로 앞쪽에서 기다리는 사람을 발견했다.

"안녕. 현애, 미나."

또박또박한 발음의 한국어를 구사하는 갈색 머리칼의 백인 여성, 브리짓 카르타였다.

4

마지막으로 팀 섀도우리스 전원이 모인 것은 서용우의 집에서 열린 크리스마스 파티 때였다.

두 달 만에 봐서 그런지 다들 별로 오랜만에 본다는 느낌은 들지 않았다.

휴고가 이미나에게 말했다.

"미나, 어제 경기 봤는데 연출 좋더라. 나도 참가했으면 좋았을걸."

"아, 그거 아쉽네. 네가 참가했으면 기부금 총액이 오늘보다 더 많았을지도 모르는데."

이미나는 반쯤 진심을 섞어서 말하며 웃었다.

웃고 떠들면서 근황을 이야기하는 시간이 지나가자 차준혁이 조용히 물었다.

"그런데 이번에는 무슨 일이지? 굳이, 둘이 같이 한국까지 올 만한 일인가?"

"물론 그냥 얼굴 보자고 온 건 아냐. 중요한 안건이 생겼어."

얼굴 보고 이야기하는 것만이라면 정보공간을 이용하면 된다. 그런데 굳이 현실에서 만나서 이야기하고 싶을 정도로 무게감 있는 안건이라는 뜻이다.

"혹시 제로와 비연의 행방을 아는 사람 있어?"

팀 섀도우리스로 활동하는 동안 브리짓도 멤버들을 편히 대하게 되었다. 브리짓이 존대하는 사람은 서용우뿐이었다.

"모른다."

차준혁이 고개를 저었다.

유현애와 이미나도 마찬가지였다.

"작년부터 계속 보름에서 한 달 정도 간격으로 사라지더군. 그 기간 동안은 휴대폰은 물론이고 정보공간으로도 연락이 불가능해."

차준혁이 덧붙이자 브리짓이 물었다.

"지금은 사라진 지 얼마나 됐어?"

"모르겠군. 우희 씨한테 물어보면 알겠지. 아마 긴급 연락이 가능한 것도 우희 씨밖에 없을 거고."

"역시 그 수밖에 없나……."

브리짓이 한숨을 쉬었다.

차준혁은 불길함을 느끼며 물었다.

"무슨 일이길래 그러지?"

"HU라는 조직이 있어."

"HU?"

"휴먼 업그레이드. 이름만 들어도 어떤 조직인지 감이 오지?"

아주 직설적인 이름이었다. 브리짓이 말하는 뉘앙스만으로도 그 정체를 추측하기가 어렵지 않았다.

"처음 존재가 드러난 것은 작년 10월."

게이트 재해가 소멸하고 나서 세계 각지에 분쟁이 불붙기 시작한 시기였다.

"처음 놈들을 포착한 것은 남미였지."

멕시코에 위치한 제약 회사 연구소에는 긴급 대피령이 떨어졌다.

그때까지의 상식을 깨고 재해 지역의 몬스터들이 무리 지어 인간의 영역을 습격하는, 이른바 '범람' 현상이 터졌기 때문이었다.

"미 정보부는 이 상황이 좀 이상하다고 생각했어."

사건의 발단만 보면 이상할 게 없었다. 재해 지역의 '범람'은 세계 곳곳에서 일어나고 있었으니까.

"하지만 무리 지은 몬스터가 주변을 다 무시하고, 15킬로미터나 떨어져 있는 그 연구소로 직진한 것은 이상한 일이지."

미 정보부의 인공지능 어드바이저는 사건 발생 후 채 30분도 안 되어서 이 점을 지적했다.

미국 정부는 멕시코 정부의 요청을 받고 휴고 스미스를 중심으로 한 올스타팀 커튼폴을 긴급 투입했고, 뒤로는 특수 정보 요원들을 투입해서 연구소를 조사해 보았다.

"연구소는 철저하게 폐쇄되어 있었어. 그래서 요원들도 속수무책이었지. 심지어 우리가 동원할 수 있는 모든 스캔 기술을 차단하고 있었어."

그곳의 시큐리티는 최소한 20년은 앞선 기술로 구축된 것 같았다. 기술의 첨단을 달리는 미 정보부가 그렇게 느낄 정도였으니까 말이다.

이런 곳에 흔적을 남기지 않고 침입할 수 있는 사람은 단한 명, 브리짓 뿐이었다.

"나는 연구소 지하에서 제약 회사의 데이터에 존재하지 않는 광활한 지하 시설을 찾아냈어."

HU라 불리는 조직의 연구 시설이었다.

"인체 실험을 하는 조직인 거지?"

유현애의 눈이 형형하게 타올랐다.

그녀만이 아니라 모두 다 살벌한 분위기를 풍기고 있었다.

그들은 동료 멤버인 리사가 어떤 과거를 지녔는지 알았다. 그녀가 그런 일을 얼마나 혐오하는지도. 그렇기에 HU라는 조직에 대한 것도 남 일처럼 느껴지지 않았다.

브리짓이 고개를 끄덕였다.

"그래. 하지만 놈들은… 이상해."

"뭐가?"

"하나부터 열까지. 일단 시큐리티부터가 그랬지."

미 정보부를 경악시킨 시큐리티 기술만 해도 이상하다. 너무나 이상하다.

하지만 브리짓을 놀라게 한 것은 그 정도가 아니었다.

"텔레포트를 차단하는 기술이 적용되어 있었어."

"뭐?"

다들 경악했다.

"오버 커넥트는 못 막았어. 하지만 블링크나 텔레포트로 직접 이동하려고 하면 텔레파시 노이즈를 이용해서 좌표 설정을 방해하는, 일종의 재밍 기술이 적용되어 있었지."

"그런 게 가능해?"

"불가능해. 적어도 내가 아는 한으로는."

브리짓이 모른다는 것은, 사실상 지구상의 기술로 가능한 일이 아니라는 뜻이다.

"혹시나 해서 아직 살아 있는 마력학의 3대 석학을 만나서 확인해 봤지."

과거 마력학의 5대 석학이라 불리던 인물 중에 한국의 권희수와 미국의 브래드는 사망했다. 한미 합동 연구 프로젝트가 진행될 때 군단이 대공세를 가해서 한국 게이트 재해 연구소를 파괴했기 때문이다.

하지만 일본의 나카모토 사유키, 대만의 리우 샤오화, 독일의 프란츠 슈하이머 세 명은 아직 건재했다.

"하지만 그들도 모르고 있었어. 그런 것은 아직까지는 불가능하다고 딱 잘라 말했지."

팀 섀도우리스 멤버들은 전원 강력한 텔레파시스트였다. 인간의 태도와 말이 진심인지 거짓인지 판별하는 것 정도는 쉬운 일이었다.

차준혁이 눈살을 찌푸렸다.

"그럼 그건 설마… 지구상의 기술이 아니라는 건가?"

"아마도."

"설마 군단이나 구세록의 잔당이라도 남아 있는 건가?"

"처음에는 그런 의심도 들었지만, 지금에 와서는 아니라고 생각해. 하지만 그 이야기를 하기 전에 일단 하던 이야기부터 끝낼게. HU의 연구 시설에는 텔레포트 차단 기술 말고도 놀라운 것이 있었어."

지하 시설에 있던 것은 인체 실험의 흔적만은 아니었다. 몬스터들이 그곳을 표적으로 삼은 이유가 있었던 것이다.

"그곳에는 강력한 텔레파시 발생기가 있었어."

인간의 세포조직과 몬스터의 사체를 융합시켜서 만들어낸 결과물이었다. 굳이 분류하자면 유기물을 이용해서 만들어낸

바이오 메카라고 할 수 있으리라.

"끔찍한 물건이었지."

산전수전 다 겪은 브리짓조차 그것을 봤을 때 강렬한 혐오감으로 몸이 굳어버렸다.

"분석 결과, 그 텔레파시 발생기는 지휘관 개체를 모방하려 하고 있었어."

"뭐? 그럼……."

"몬스터를 통제할 수 있는 텔레파시 패턴을 연구하다가 만들어낸 성과였던 거지. 그때의 재해 지역 범람은 예기치 못한 사고였을 거고."

미 정보부는 총력을 집중해서 HU를 조사하기 시작했다.

그리고 조사 작업이 진행될수록 그들은 공포에 사로잡혔다.

"상식적인 눈길로 보면 팬텀도 이상한 조직이었지. 하지만 HU는 훨씬 더 이상해."

HU은 철저한 점조직이었다.

인력의 이동과 자본의 흐름만으로는 그들을 추적할 수가 없었다.

그럼에도 그들은 막대한 자본력과 조직력이 있어야만 할 수 있는 짓을 하고 있었다.

뛰어난 연구인력을 모아서, 훌륭한 연구 시설에서 연구를 진행하는 것 말이다.

"그 지하 연구 시설만 해도, 연구소 데이터에는 존재하지도 않았고 연구소의 누구도 그들의 존재를 몰랐지."

자신들의 발밑에서, 자신들의 물품을 써가면서 끔찍한 연구를 진행하고 있는데도 아무도 그 존재를 몰랐다. 브리짓이 직접 연구소장은 물론이고 그와 연결된 상부까지 조사해 봤는데도 그랬다.

"그런 연구 시설이 하나가 아니었어."

미 정보부는 지금까지 세계 각지에서 7개의 HU 연구 시설을 찾아냈다.

"분명히 같은 조직이야. 연구 성과도 공유하고 있는 것 같아. 그런데 전혀 연결 고리를 찾을 수가 없어."

연구원들도 그 사실에 대해서 의문을 품고 있었다.

하지만 그들은 그 의문보다 금단의 연구에 훨씬 큰 욕망과 집착을 드러냈다.

"섬뜩한 일은 또 있었지."

처음 발견한 HU 연구 시설에서 회수한 바이오 메카.

브리짓이 회수해서 미 정보부가 비밀구역에서 분석을 진행하고 있던 그 물건은 어느 날 갑자기 강탈당했다.

"강탈?"

의아해하는 이미나에게 브리짓이 고개를 끄덕였다.

"HU의 존재는 이해할 수 없는 것이었어. 그래서 우리는 단번에 그들을 박멸하기보다는 실체를 파악하는 것을 우선했지."

브리짓은 지금까지 찾아낸 그들의 연구 시설을 파괴하지 않았다.

인체 실험의 모르모트로 끌려와 있는 사람들만을 구출해서 비밀 시설로 보내고, 그들이 그런 모르모트를 수급하는 각지의 범죄 조직을 공격해서 파이프라인을 끊었을 뿐이었다.

"눈치챌 수밖에 없는 이상이니까, 놈들이 뭔가 반응할 거라고 생각했지."

연구 시설을 버리고 이동한다면 그 과정에서 뭔가가 드러날 거라고 생각했다.

"그런데 전혀… 그런 게 없었어."

그들은 어느 날 갑자기 홀연히 사라져 버렸다.

심지어 연구 시설도 존재하지 않았던 것처럼 모두 사라지고, 그곳에는 을씨년스러운 빈 공간만이 자리하고 있었다.

현실에서 벌어진 일이 아니라 심령현상 같았다. 이런 일이 계속되자 브리짓도 오싹함을 느낄 수밖에 없었다.

"그리고 지난달에 무언가가 일을 벌였지."

정체 모를 무언가가 등장하는 순간, 모든 관측 장비가 정지되었다.

그 무언가는 비밀 구역을 지키던 인력 대부분을 잔인하게 살해하고, 바이오 메카를 탈취해서 사라졌다.

"이동 방식은 공간이동이 분명해. 아무런 흔적도 남기지 않았으니까."

"구세록의 탐지 기능으로도 추적할 수 없었나?"

"없었어."

이야기를 듣는 모두의 표정이 심각해졌다.

이 자리에 모인 5명 모두 걸어 다니는 재앙이나 마찬가지다. 마음만 먹으면 인류를 멸망시킬 수 있는 권능의 소유자가 아닌 이가 없었다.

그런데 지금 브리짓이 이야기하는 위협은 그들에게도 미지의 두려움을 안겨주었다.

"제로만 쓸 수 있는 상위 기능이라면, 가능할지도 모르지."

"그래서 찾아온 건가?"

"그것만은 아니야."

"그럼?"

"리사가 HU와 접촉했어. 우리가 아직 모르던 곳에서……."

그 말에 다들 브리짓의 속내를 이해할 수 있었다.

유현애가 말했다.

"아저씨한테 해명하러 온 거구나."

"그래."

"해명하는 김에 이제 아저씨 힘도 빌리고."

"그래야만 하는 이유도 있어. 사실 리사가 HU와 접촉한 것만 문제가 아니야."

"음? 무슨 소리야?"

"HU의 연구 시설은 두 가지인데, 이 둘이 완전히 극단적으로 달라."

브리짓이 양손을 깍지 끼며 더없이 심각한 표정을 지었다.

"하나는 인위적으로 각성자를 만들어내는 방법을 연구하고, 하나는 인간과 몬스터를 융합시킨 그로테스크한 괴물을 만들어내려 하고 있어."

"두 가지 테마로 연구를 진행하고 있다는 건가?"

차준혁의 말에 브리짓은 고개를 저었다.

"지금까지 조사 결과를 보면 그게 아닌 것 같아. 똑같이 HU라는 이름을 쓰고 있을 뿐, 둘은 다른 조직이야."

　

　*　　　　　*　　　　　*

　

〈리길순.〉

그 이름을 들었을 때, 리사는 자기도 모르게 몸서리쳤다.

자신이 잊고 싶었던 과거를 끄집어내는 이름이었기 때문이다.

〈그게 네 이름인가.〉

리사는 자신의 과거를 불러낸 자를 바라보았다.

"너는 뭐지?"

사위는 정적에 휩싸여 있었다.

별이 너무 많아서 쏟아질 것처럼 아름다운 밤하늘 아래, 인간을 괴롭히는 영하 20도의 한기가 지배하는 사막이 펼쳐져 있었다.

'이동당했어.'

조금 전까지만 해도 리사는 최첨단 기술이 적용된 연구 시설 안에 있었다.

군단의 종말 이후, 리사는 전 세계를 돌아다니고 있었다.

본래 그녀는 더 이상 자신에게 주어진 권능을 휘두를 일 없는, 평범하고 평온한 삶을 살아갈 생각이었다. 이제는 그럴 수 있다고 생각했다.

하지만 복수를 이루고, 세계를 구했음에도 그녀의 악몽은 끝나지 않았다.

서울에는 거대한 상흔이 새겨져 있었다. 군단의 대공세가 인류에게 새긴 흉터 자국을 볼 때마다, 리사의 마음속에서 무언가가 속삭였다.

이렇게 살아서는 안 된다고.

결코 만족할 수 없고, 결코 행복할 수 없을 것이라고.

고민하던 리사는 그 목소리가 자신의 진심임을 깨달았다.

그리고 문명의 혜택을 제대로 받지 못한 지역들을 돌아다니면서 폭력과 악의에 유린당하는 힘없는 사람들을 구제해 왔다.

그러던 중 리사는 용서할 수 없는 적을 만났다.

HU라 불리는 정체불명의 조직.

분쟁 지역의 무력 집단들에게 인간을 모르모트로 제공받

아서 금단의 연구를 진행하는 자들이었다.

리사는 그들과 거래하던 무력 집단을 몰살시키고, 그대로 HU의 연구 시설을 무자비하게 파괴했다.

그리고 이 조직의 실체를 추적하기 시작했지만 전혀 실마리를 잡을 수가 없었다.

아무리 점조직이라고 해도 연결 고리가 아예 존재하지 않을 리는 없다. 일반적인 방법으로 조사한다면 몰라도 리사처럼 조직원들의 정신을 텔레파시로 탈탈 털 수 있다면, 그것으로도 모자라서 죽은 자의 영혼까지 붙잡아놓고 고문할 수 있으면 어떻게든 추적이 가능해야 정상이다.

하지만 HU는 그런 과정을 거쳤음에도 연결 고리를 찾을 수가 없었다.

리사는 그 사실에 오싹함을 느끼면서도 다른 수단으로 그들을 탐색하기 시작했다.

그들이 인간 모르모트를 수급할 만한 곳을 모조리 덮치기 시작한 것이다.

그 결과 최근 치열한 영토 분쟁이 벌어지고 있는 이라크 지역에서 HU로 의심되는 조직을 찾아냈고, 그들의 연구 시설로 쳐들어가서 때려 부수던 중이었다.

연구 시설 안의 복도 모퉁이를 도는 순간 풍경이 변했다. 아무 것도 없는 사막 한복판으로.

〈방벽이… 치직, 강력하… 치직… 군… 치지직.〉

상대의 목소리에 노이즈가 깔렸다. 리사가 정신을 보호하기 위한 방벽을 강화했기 때문에 텔레파시가 제대로 닿지 않는 것이다.

"목소리."

그러자 상대가 입을 열었다.

"이걸 목소리라고 부르는 거겠지. 음파로 소통한다니, 저열하고 생소한 방식이야. 하지만 그만큼 사랑스럽지……."

놀랍게도 상대는 또렷한 발음의 한국어로 말하고 있었다.

리사는 눈썹 하나 까딱하지 않고 말했다.

"누구냐고 물었어."

"아아, 그래. 지구인 리길순이여."

상대의 모습이 변화하기 시작했다. 장신의 흑인 남자의 모습으로.

그제야 리사는 방금 전까지만 해도 상대가 인간의 모습을 하고 있지 않았음을 깨달았다. 어둠의 실루엣으로만 보였던 그것은 인간과 전혀 닮지 않은 무언가였다.

'몬스터?'

아니, 몬스터가 아니다. 적어도 리사가 아는 몬스터 중에는 그런 실루엣을 가진 존재가 없었다.

"너희들의 언어를 빌려서 내 존재를 설명하자면……."

흑인 남자가 고개를 잠시 고민하더니 말했다.

"무력 제압 단말."

"단말?"

"그래. 단말이지."

흑인 남자가 이를 드러내며 웃었다.

우-우-우-우-우…….

그리고 해일 같은 마력이 퍼져 나가기 시작했다.

"대다수가 마력을 다루지 못하는 지구 인류 중에 너처럼 강력한 존재가 있다니 놀랍군. 하지만 결국 이 행성에 묶여 있는 작은 존재일 뿐."

흑인 남자의 눈이 푸른 빛으로 물들었다. 그리고 그 빛이 전신으로 퍼져 나가면서 몸 전체가 빛으로 이루어진 실루엣으로 화한다.

"광활한 우주에 존재하는 잔혹한 진실을 알려주마. 너는 우리가 사랑하는 인류를 이해하기 위한 소재가 될 것이다."

"목소리로 소통하는 게 생소하다더니, 실제로 해보니까 정말 재밌나 보네. 그렇게나 수다스러운 걸 보니."

리사는 코웃음을 치고는 한 걸음 내디뎠다.

쿠구구구구…….

그리고 그녀의 존재감이 급격히 커져가기 시작했다.

"무슨……?"

빛으로 화한 외계 존재가 흠칫했다. 리사의 마력이 그가 파악한 것보다 몇 배나 커지고 있있기 때문이다.

그 앞에서 리사가 권태로운 표정을 지으며 말했다.

"고마워. 힘으로 해보자고 덤벼줘서."

그렇지 않았다면 리사는 미로를 헤매는 기분을 느껴야 했을 것이다. 그녀의 막강한 능력에도 불구하고 HU의 실체를 추적하는 과정은 막막했으니까.

하지만 이제 적의 실체가 드러났다. 힘으로 그녀를 핍박하겠다고 나선 순간, 리사가 품었던 막연한 공포감은 씻은 듯이 사라졌다.

"나도 선언해 둘게. 너는 우리가 너희를 이해하기 위한 소재가 될 거야."

5

조금 강한 바람이 불었다.

공원을 산책하던 서우희는 얼굴을 스치는 바람을 따라서 시선을 옮기다가, 놀란 표정을 지었다.

"오빠."

방금 전까지만 해도 아무도 없던 곳에 그녀의 오빠, 서용우가 서 있었기 때문이다.

"별일 없었지?"

용우가 다가와서 물었다.

"아주 없진 않았어. 오빠를 부를 정도는 아니었지만."

"무슨 일인데?"

용우는 이비연과 함께 한 달 동안 지구를 떠나 있었다. 그러다 보니 우희의 말에 예민하게 반응할 수밖에 없었다.

"브리짓이 오빠를 찾더라."

"음?"

"굉장히 중요한 일인가 봐. 한국에 와 있으니까 연락 달라던데."

"그래? 그럼 이따가 연락해 볼게."

"지금 연락 안 하고?"

"너랑 카페에 갈 시간 정도는 괜찮겠지."

그 말에 우희가 피식 웃으며 물었다.

"비연이는?"

"맑은 공기 좀 쐬고 싶다고 갔어."

"어디에?"

"남극."

"……."

"가는 김에 빙산을 부숴서 얼음 좀 캐오겠다고 하니까 이따가 그걸로 술이라도 마시자."

"하는 짓마다 스케일이 너무 커……."

우희는 질렸다는 듯 고개를 절레절레 저었다.

용우가 킥킥 웃고는 물었다.

"너도 막상 데려가 주면 좋아하면서 왜 그래?"

"뭐 펭귄들한테 파묻혔을 때는 좋았지만……."

전에 우희가 다큐멘터리를 보면서 펭귄이 귀엽다, 저기 있는 사람들 좋겠다고 말했더니 용우가 그녀를 남극에 데려가 준 적이 있었다.

그 외에도 에베레스트산 정상이나, 현재는 재해 지역이 되어버려서 누구도 접근 못 하는 빅토리아 폭포 등 일반인은 가 볼 수 없는 곳에 우희가 말 꺼낼 때마다 가봤다.

"오빠 그 일은 언제 끝나는 거야?"

근처 카페에서 커피를 한 모금 마신 우희가 물었다.

"이번에 가서 체크해 보니까 몇 년은 걸릴 것 같아."

"몇 년? 그렇게나 오래?"

"몰디브 섬 같은 거야. 그 섬이 바다에 잠기는 것처럼, 서서히 혼돈에 침식되어서 사라져 가는 거지."

"그럼 그때까지는 계속 이렇게 한 달씩 지구에 없고 그러는 거야?"

"작업 주기를 좀 바꿔보려고 생각 중이야. 일주일이나 열흘 정도 단위로."

"그렇게 해. 연락 끊긴 채로 오래되면 불안해진단 말야."

요즘 들어서 우희는 종종 용우가 예전에 실종됐을 때처럼 홀연히 사라질지도 모른다는 불안감을 느낄 때가 있었다.

근거 없는 걱정이라는 건 알겠지만, 마음의 상처가 원인이 되는 불안감이라는 건 이성으로 통제할 수 있는 일이 아니다.

"그래."

"그나저나……."

우희가 화제를 돌렸다.

"올해는 수능 하겠지?"

"며칠 후면 선거도 하니까 하겠지."

작년에는 수능이 없었다. 수능이고 대학 입시고 전부 올스톱된 상황이었던 것이다.

"해야 할 텐데. 솔직히 작년에는 수능 치렀어도 의대 갈 점수가 안 나왔을 것 같지만 올해는 할 수 있어. 열심히 공부하고 있단 말야."

"아, 그거… 너 꼭 수능 안 치러도 의대 갈 수 있을지도?"

"응? 그게 무슨 소리야?"

우희가 눈을 휘둥그레 떴다.

용우가 조심스럽게 말했다.

"아직 확정된 건 아니고 그냥 그럴 수도 있다는 소리만 들은 거긴 한데……."

"뭐야. 그런 거면 말을 하지 말지."

"어……. 미안하다."

수험생 입장에서는 굉장히 민감하게 반응할 수밖에 없는 이야기였다. 용우가 순순히 사과하자 우희가 한숨을 푹 쉬었다.

"그래서 무슨 이야기인데?"

"그냥 안 듣는 게 낫지 않을까?"

"안 들으면 계속 신경 쓰일 것 같아. 들어도 신경 쓰이고 안 들어도 신경 쓰이면 최소한 궁금증이라도 풀어야 안 억울하지."

"그러니까… 이제 더 이상 각성자가 안 나오잖아."

"그렇지."

"당연히 힐러도 안 나오고. 그래서 힐러의 가치가 폭등하는 상황이니까. 힐러 본인이 원할 경우에는 무조건 의대에 특례로 입학해서, 닥터 힐러 과정을 밟을 수 있도록 지원하자는 이야기가 나왔대."

"……."

잠시 동안 용우를 바라보던 우희가 테이블에 얼굴을 박았다.

"괜히 들었다……."

"……."

"오빠 바보."

수험생인 우희 입장에서는 확정되기 전까지는 모르는 게 약인 이야기였다.

"미안하다……."

용우가 쩔쩔매며 사과할 때였다.

"뭐야? 오빠 또 뭐 잘못했어?"

갑자기 이비연이 불쑥 나타났다.

캐주얼한 야구 모자에 헐렁한 긴팔 티를 입은 그녀는 한 손에 축구공보다 두 배는 큰 얼음덩어리를 들고 있었다.

우희가 멍하니 그녀를 바라보다가 물었다.

"그거, 남극 빙산에서 캐온 거야?"

"응."

이비연은 생긋 웃고는 얼음덩어리를 아공간에다 집어넣었다.

그녀가 우희 옆에 앉으며 말했다.

"오빠, 난 아이스 아메리카노."

"나보고 사오라고?"

"난 빙산 캐왔잖아."

이비연이 에헴 하고 우쭐거리자 용우는 어쩔 수 없다는 듯 몸을 일으켰다.

"아, 비연아. 커피 마시고 나서 나랑 좀 가자."

"어딜?"

"브리짓이랑 휴고가 며칠 전부터 우리를 만나려고 한국에 와서 기다리고 있대. 중요한 일 같다던데."

"아니, 그럼 지금 나한테 아이스 아메리카노를 사주고 있을 때가 아니잖아?"

"그치? 비연이 네가 생각해도 그렇지?"

우희가 옳다구나 하고 거들자 용우가 눈살을 찌푸렸다.

"그럼 커피 안 마시고 가게?"

"커피야 이따 마셔도 되지, 뭐. 이따가 집에서 남극 빙산 얼음 넣어서 남극 아메리카노를 만들어 먹자."

이비연이 용우의 등을 치며 재촉했다.

＊　　　＊　　　＊

크리스마스 파티 이후 3개월 만에 팀 섀도우리스 멤버 여덟 명 전원이 모였다.

용우의 부름을 받은 리사도 한국으로 돌아왔던 것이다.

브리짓이 차분하게 HU에 대해서 설명하자 용우가 눈살을 찌푸렸다.

"확실히 이상한 놈들이군. 하는 짓을 보면 군단이나 구세록의 잔당 같지는 않고……."

브리짓이 걱정한 것과 달리, 용우는 그녀의 의도를 오해하지 않았다. 브리짓이 뛰어난 분별력의 소유자라고 평가했기 때문이다.

용우가 리사에게 물었다.

"네가 접촉한 HU는 어땠어?"

"지금 브리짓이 설명한 것에서 크게 벗어나진 않았어요. 이름만 똑같이 HU일 뿐 다른 세력이 섞여 있는 것 같다는 추측도 아마 맞을 거라고 봐요."

리사는 자신이 HU와 접촉해서 섬멸한 경험을 이야기했다.

그녀의 이야기를 듣는 모두의 표정이 심각해졌다.

"자기를 무력 제압 단말이라고 부른 개체는 전투 능력이 상당했어요. 아마 지구상에서 우리 말고는 당해낼 수 있는 사람이 없을 거예요."

리사는 HU를 추적하던 과정에서 마력을 다루는 외계의 존재를 만났다.

리사가 체감한 무력 제압 단말의 마력은 9등급 몬스터 수준.

용우가 스펠 스톤을 공급해 준 덕분에 지구의 최정예 헌터들은 전투 능력이 상당히 향상되었다. 하지만 그래 봤자 가장 높은 마력 보유자가 페이즈13이라 한계가 뚜렷했다.

용우가 물었다.

"마력은 그렇다 치고, 전투 능력은?"

"그렇게까지 뛰어나진 않았어요. 하지만 기술적인 면만 봐도 웬만한 각성자 수준은 될 것 같아요."

"그 정도면… 우리가 없으면 인류를 몰살시킬 수 있겠군. 근거 없이 자신감만 넘치는 놈들은 아니네."

무력 제압 단말은 허공장을 가졌으며, 마력을 연료로 삼아 스펠과 비슷한 효과를 지닌 초능력을 썼다.

그래도 리사의 적수는 아니었다.

리사는 팀 섀도우리스 내에서는 전투 기술이 떨어지는 편이지만, 그건 어디까지나 팀 섀도우리스의 기준이 너무 높아서였다.

그리고 그녀는 최종 결전이 끝난 후로도 이비연이나 유현애, 이미나와 종종 훈련을 해왔기에 당시보다 기량이 더욱 늘어 있었다.

"만약을 대비해서 마력을 다 보여주지는 않았어요. 지금 와서 생각해 보면 잘한 일이었죠."

최종 결전 때와 비교할 때, 리사는 마력 면에서 크게 성장했다. 그녀만이 아니라 팀 섀도우리스 전원이 그랬다.

구세록에 의해 걸려 있던 마력 제한이 풀린 후 그들의 기본 마력이 지속적으로 성장했던 것이다. 거기에 구세록의 초월권족과 군단으로부터 노획한 아티팩트 수십 개를 최적의 조합으로 세팅했기에, 전투 시에는 더욱 강한 마력을 쓸 수 있었다.

"추적은 실패했어요."

리사는 무력 단말 개체를 제압하고, 그 정신을 조사했다.

"자신을 '단말'이라고 한 놈답게 뭔가와 연결된 존재더군요. 하지만 연결을 거슬러 올라가 봐도 그 존재를 조사할 수 없었어요."

"흔적을 지우는 기술인가?"

"그건 아니에요. 굉장히 강력한 방벽으로 제 접근을 튕겨냈어요."

"흠……."

용우가 턱을 쓰다듬으며 고민에 잠겼다.

이비연이 말했다.

"다른 외계 문명이겠지, 뭐. 군단의 관측 기록에 있던 놈 중 하나 아닐까?"

"군단의 관측 기록? 그건 또 뭐야?"

휴고가 당혹스러워하며 묻자 용우와 이비연이 서로 눈을 한번 마주쳤다. 용우가 고개를 끄덕이자 이비연이 설명했다.

"군단은 침략할 세계 리스트를 꽤 여럿 확보해 두고 있었어."

지구 말고도 수많은 문명이 그들의 침략 대상으로 고려되었다.

"어떤 건 우리 우주에 존재하지만, 어떤 건 우리 우주가 아닌 다른 세계에 존재하지."

군단은 과학 기술이 아니라 영적 존재를 탐색하는 권능을 이용, 지성체가 이룩한 문명 세계를 여럿 찾아냈다.

다만 그들에 대한 구체적인 자료는 없었다. 지성을 갖춰서 수확할 가치가 있는 영혼을 가졌는가, 규모가 얼마나 되는가 정도만이 기록되었을 뿐.

"근데 이 탐색이 아무래도 일방통행이 아니었던 모양이야."

지구 인류 같은 경우는 군단에 일방적으로 관측당하는 입장이었다.

하지만 다른 세계의 존재들이 다 그렇지는 않았다.

우주는 넓다. 지구라는 작은 행성 속에서 살아가는 인류가 도저히 그 크기를 감각적으로 실감할 수 없을 정도로.

심지어 군단은 지구가 속한 세계만이 아니라 여러 세계를 넘나드는 존재였다. 그들의 세계관은 지구 인류보다 훨씬 넓을 수밖에 없었다.

"군단이 관측한 존재 중에는, 군단이 관측했다는 사실을 알아차리고 역으로 그들을 관측할 수 있는 존재도 있었어."

그것도 한둘이 아니었다. 군단이 파악하기로는 그랬다.

"그중에 군단의 행보를 지속적으로 파악하고 있었던, 폭력적인 놈들이 있었다고 해도 이상할 건 없지. 군단이 사라졌으니 군단이 먹어 치우려던 지구를 먹어치우자, 근데 일단 군단이 어쩌다 당했는지 조사나 해보자는 식으로 들어온 거 아닐까?"

"그거참 SF적인 이야기네."

"우리는 예전이라면 픽션으로만 볼 수 있었던 이야기를 현실로 여기는 시대에서 살고 있잖아. 거기에 에일리언 침략자가 더해진다 한들 이상할 건 없어."

"그렇긴 하지만."

브리짓이 한숨을 쉬었다.

지구 인류의 문제만 해도 산더미 같은데, 외계인이 쳐들어온다니 자신은 어쩌다가 이따위 시대에 태어나 버렸단 말인가?

용우가 말했다.

"어쨌든 딱히 고민할 필요는 없는 문제로군."

"놈들을 찾아낼 방법이 있습니까?"

"전에는 없었지. 하지만 이제는 있어. 리사가 놈들의 실체와 접촉했잖아?"

리사가 접촉했던 기억을 이용, 구세록으로 전 지구를 탐색하면 그만이었다.

"세력이 둘이라니 한쪽만 잡게 되겠지만."

일단 한쪽을 없애고, 나머지는 또 찾아서 족치면 된다.

"지구를 건드린 걸 후회하게 해주자고. 그리고……."

용우가 씩 웃으며 말했다.

"놈들의 전력이 미지수이니만큼, 모두에게 선물을 주지."

멸망의 운명을 타파하여 지구를 구한 지 10개월.

다시금 팀 섀도우리스가 움직이기 시작했다.

『헌터세계의 귀환자』 10권에 계속…